朱光潜 著

世间的
无言之美

中国致公出版社

在欣赏时，人和神仙一样自由，一样有福。

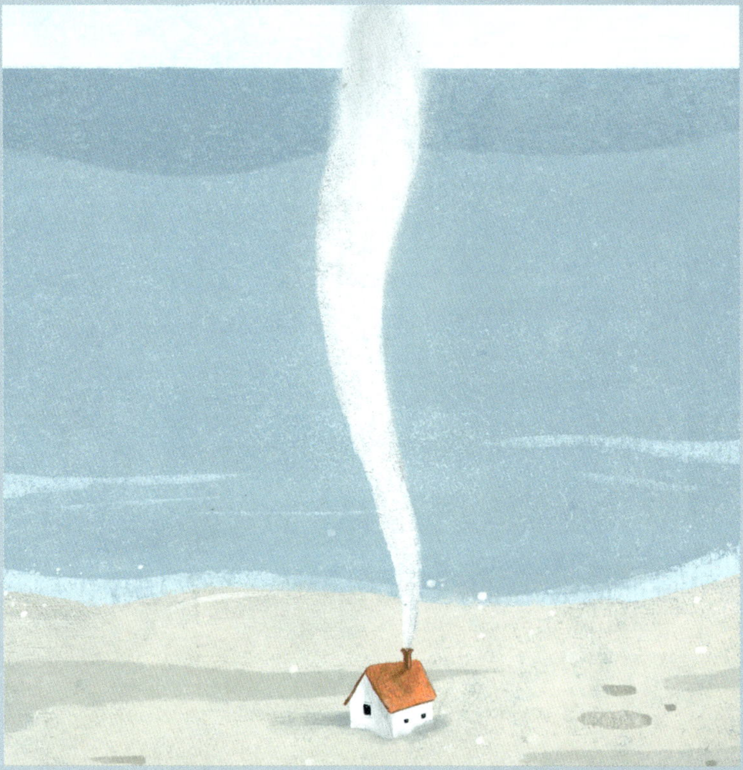

目录
contents

生命是一个说故事的人

003 生命
013 慈慧殿三号——北平杂写之一
020 后门大街——北平杂写之二
027 花会

生命是一个说故事的人，虽老是抱着那么陈腐的『母题』转，而每一顷刻中的故事却是新鲜的，自有意义的。这一顷刻中有了新鲜有意义的故事，这一顷刻中我们心满意足了，这一顷刻的生命便不能算是空虚。

美，若提灯寻影

美本身极为柔弱，却不可征服。

033 我们对于一棵古松的三种态度——实用的、科学的、美感的

040 「当局者迷，旁观者清」——艺术和实际人生的距离

048 「子非鱼，安知鱼之乐？」——宇宙的人情化

056 希腊女神的雕像和血色鲜丽的英国姑娘——美感与快感

062 「记得绿罗裙，处处怜芳草」——美感与联想

068 「灵魂在杰作中的冒险」——考证、批评与欣赏

076 「情人眼底出西施」——美与自然

083 「依样画葫芦」——写实主义和理想主义的错误

风行水上，自然成文

091 从我怎样学国文说起
105 文学的趣味
113 眼泪文学
117 精进的程序
123 文学与人生

文艺是含蕴在人生世相中的，好比盐溶于水，饮者知咸，却不辨何者为盐，何者为水。

诗于刹那见终古

- 133 诗的境界——情趣与意象
- 163 "曲终人不见,江上数峰青"——答夏丏尊先生
- 168 空中楼阁——创造的想象
- 175 "超以象外,得其环中"——创造与情感
- 182 "从心所欲,不逾矩"——创造与格律
- 188 "不似则失其所以为诗,似则失其所以为我"——创造与模仿
- 195 "读书破万卷,下笔如有神"——天才与灵感

> 诗可以在无数心灵中继续复现,虽复现而却不落于陈腐,因为它能够在每个欣赏者的当时当境的特殊性格与情趣中吸取新鲜生命。诗的境界在刹那中见终古,在微尘中显大千,在有限中寓无限。

无所为而为的玩索

- 203 我在《春天》里所见到的——鲍蒂切利杰作《春天》之欣赏
- 206 丰子恺先生的人品与画品
- 210 论自然画与人物画——凌叔华作《小哥儿俩》序
- 216 刚性美与柔性美
- 236 "大人者不失其赤子之心"——艺术与游戏
- 243 "慢慢走，欣赏啊！"——人生的艺术化

你是否知道生活，就看你对于许多事物能否欣赏。欣赏也就是"无所为而为的玩索"。在欣赏时，人和神仙一样自由，一样有福。

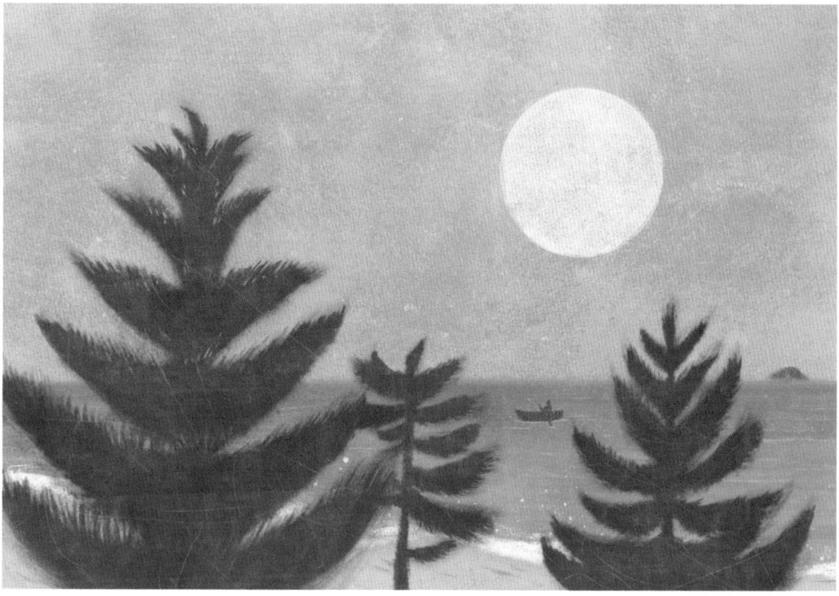

生命是一个
说故事的人

生命是一个说故事的人,虽老是抱着那么陈腐的"母题"
转,而每一顷刻中的故事却是新鲜的,自有意义的。
这一顷刻中有了新鲜有意义的故事,这一顷刻中我们心满
意足了,这一顷刻的生命便不能算是空虚。

生 命

说起来已是二十年前的事了。如今我还记得清楚,因为那是我生平中一个最深刻的印象。有一年夏天,我到苏格兰西北海滨一个叫做爱约夏的地方去游历,想趁便去拜访农民诗人彭斯的草庐。那一带地方风景仿佛日本内海而更曲折多变化。海湾伸入群山间成为无数绿水映着青山的湖。湖和山老是那样恬静幽闲而且带着荒凉景象,几里路中不容易碰见一个村落,处处都是山、谷、树林和草坪。走到一个湖滨,我突然看见人山人海,男的女的、老的少的、穿深蓝大红衣服的、褴褛蹒跚的、蠕蠕蠢动,闹得喧天震地:原来那是一个有名的浴场。那是星期天,人们在城市里做了六天的牛马,来此过一天快活日子。他们在炫耀他们的服装,他们的嗜好,他们的皮肉,他们的欢爱,他们的文雅与村俗。像湖水的波涛汹涌一样,他们都投在生命的狂澜里,尽情享一日的欢乐。就在这么一个场合中,一位看来像是皮鞋匠的牧师在附近草坪中竖起一个讲台向寻乐的人们布道。他也吸引了一大群人。他喧嚷,群众喧嚷,湖水也喧嚷,他的话无从听清楚,只有"天国""上帝""忏悔""罪孽"几个较熟的字眼偶尔可以分辨出来。那群众常是流动的，时而由湖水里爬上来看牧师，时而由牧师那里走下湖水。游泳的游泳，听道的听道，总之，都在凑热闹。

对着这场热闹，我伫立凝神一反省，心里突然起了一阵空虚寂寞的感觉，我思量到生命的问题。摆在我们面前的显然就是生命。我首先感到的是这生命太不调和。那么幽静的湖山当中有那么大群嘈杂的人在嬉笑取乐，有如佛堂中的蚂蚁抢搬虫尸，已嫌不称；又加上两位牧师对着那些喝酒、抽烟、穿着游泳衣裸着胳膊大腿卖眼色的男男女女讲"天国"和"忏悔"，这岂不是对于生命的一个强烈的讽刺？约翰授洗者在沙漠中高呼救世主来临的消息，他的声音算是投在虚空中了。那位苏格兰牧师有什么可比的约翰？他以布道为职业，于道未必有所知见，不过剽窃一些空洞的教门中语扔到头脑空洞的人们的耳里，岂不是空虚而又空虚？推而广之，这世间一切，何尝不都是如此？比如那些游泳的人们在尽情欢乐，虽是热烈，却也很盲目，大家不过是机械地受生命的动物的要求在鼓动驱遣，太阳下去了，各自回家，沙滩又恢复它的本来的清寂，有如歌残筵散。当时我感觉空虚寂寞者在此。

但是像那一大群人一样，我也欣喜赶了一场热闹，那一天算是没有虚度，于今回想，仍觉那回事很有趣。生命像在那沙滩所表现的，有图画家所谓阴阳向背，你跳进去扮演一个角色也好，站在旁边闲望也好，应该都可以叫你兴高采烈。在那一顷刻，生命在那些人们中动荡，他们领受了生命而心满意足了，谁有权去鄙视他们，甚至于怜悯他们？厌世疾俗者一半都是妄自尊大，我惭愧我有时未能免俗。

孔子看流水，发过一个最深永的感叹，他说："逝者如斯夫，不舍昼夜！"生命本来就是流动，单就"逝"的一方面来看，不免令人想到毁灭与空虚；但是这并不是有去无来，而是去的若不去，来的就不能来；生生不息，才能念念常新。莎士比亚说生命"像一个白痴说的故事，满是声响和愤激，毫无意义"，虽是概乎言之，却不是一句见道之语。生命是一个说故事的人，虽老是抱着那么陈腐的"母题"转，而每一顷刻中的故事却是新鲜的，自有意义的。这一顷刻中有了新鲜有意义的故事，这一顷刻中我们心满意足了，这一顷刻的生命便不能算是空虚。生命原是一顷刻接着一顷刻地实现，好在它"不舍昼夜"。算起总账来，层层实数相加，决不会等于零。人们不抓住每一顷刻在实现中的人生，而去追究过去的原因与未来的究竟，那就犹如在相加各项数目的总和之外求这笔加法的得数。追究最初因与最后果，都要走到"无穷追溯"（reductio ad infinitum）。这道理哲学家们本应知道，而爱追究最初因与最后果的偏偏是些哲学家们。这不只是不谦虚，而且是不通达。一件事物实现了，它的形相在那里，它的原因和目的也就在那里。种中有果，果中也有种，离开一棵植物无所谓种与果，离开种与果也无所谓一棵植物（像我的朋友废名先生在他的《阿赖耶识论》里所说明的）。比如说一幅画，有什么原因和目的！它现出一个新鲜完美的形相，这岂不就是它的生命，它的原因，它的目的？

且再拿这幅画来比譬生命。我们过去生活正如画一幅画，当前我们所要经心的不是这幅画画成之后会有怎样一个命运，归于永恒或是归于毁灭，而是如何把它画成一幅画，有画所应有的形相与生命。不求诸抓得住的现在而求诸渺茫不可知的未来，这正如佛经所说的身怀珠玉而向他人行乞。但是事实上许多人都在未来的永恒或毁灭上打计算。波斯大帝带着百万大军西征希腊，过海勒斯朋海峡时，他站在将台看他的大军由船桥上源源不绝地渡过海峡，他忽然流涕向他的叔父说："我想到人生的短促，看这样多的大军，百年之后，没有一个人还能活着，心里突然起了阵哀悯。"他的叔父回答说："但是人生中还有更可哀的事咧，我们在世的时间虽短促，世间没有一个人，无论在这大军之内或在这大军之外，能够那样幸运，在一生中不有好几次不愿生而宁愿死。"这两人的话都各有至理，至少是能反映大多数人对于生命的观感。嫌人生短促，于是设种种方法求永恒。秦皇汉武信方士，求神仙，以及后世道家炼丹养气，都是妄想所谓"长生"。"服食求神仙，多为药所误，不如饮美酒，被服纨与素"，这本是诗人愤疾之言，但是反话大可作正话看；也许作正话看，还有更深的意蕴。说来也奇怪，许多英雄豪杰在生命的流连上都未能免俗，我因此想到曹孟德的遗嘱：

> 吾死之后，葬于邺之西冈上，妾与妓人皆着铜雀台，台上施六尺床，下穗帐。朝晡上酒脯粮糗之属，每月朝十五，辄向帐前作伎，汝等时登台望吾西陵墓田。

他计算得真周到，可怜虫！谢朓说得好：

> 穗帷飘井干，樽酒若平生。
> 郁郁西陵树，讵闻歌吹声！

孔子毕竟是达人，他听说桓司马自为石郭，三年而不成，便说"死不如速朽之为愈也"。谈到朽与不朽问题，这话也很难说。我们固无庸计较朽与不朽，朽之中却有不朽者在。曹孟德朽了，铜雀台妓也朽了，但是他的那篇遗嘱，何逊谢朓李贺诸人的铜雀台诗，甚至于铜雀台一片瓦，于今还叫讽咏摩挲的人们欣喜赞叹。"前水复后水，古今相续流"，历史原是纳过去于现在，过去的并不完全过去。其实若就种中有果来说，未来的也并不完全未来。这现在一顷刻实在伟大到不可思议，刹那中自有终古，微尘中自有大千，而汝心中亦自有天国。这是不朽的第一义谛。

相反两极端常相交相合。人渴望长生不朽，也渴望无生速朽。我们回到波斯大帝的叔父的话："世间没有一个人在一生中不有好几次不愿生宁愿死。"痛苦到极点想死，一切自杀者可以为证；快乐到极点也还是想死，我自己就有一两次这样经验，一次是在二十余年前一个中秋前后，我乘船到上海，夜里经过焦山，那时候大月亮正照着山上的庙和树，江里的细浪像金线在轻轻地翻滚，我一个人在甲板上走，船上原是载满了人，我不觉得有一个人，我心里那时候也有那万里无云，水月澄莹的景象，于是非常喜悦，于是突然起了脱离这个世界的愿望。另外一次也是在秋天，时间是傍晚，我在北海里的白塔顶上望北平城里的楼台烟树，望到西郊的远山，望

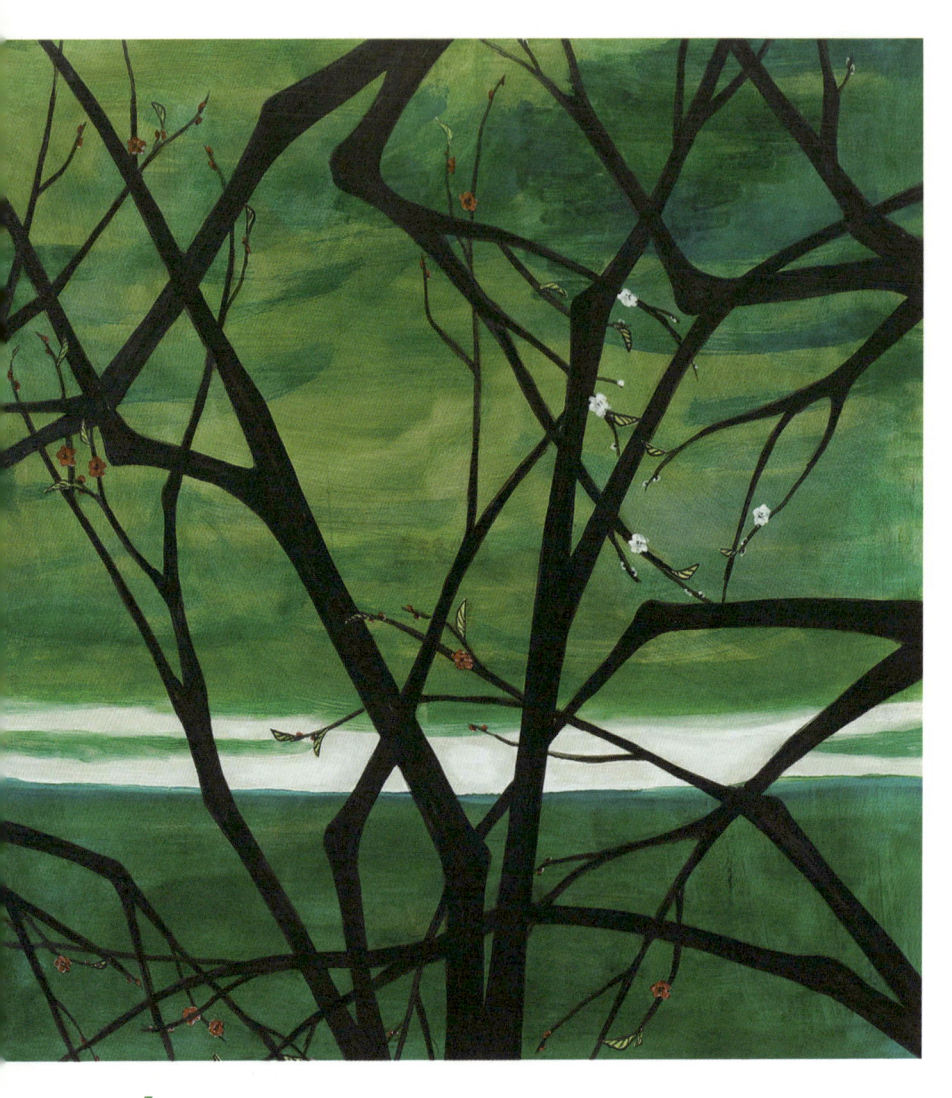

生命像在那沙滩所表现的，
有图画家所谓阴阳向背，
你跳进去扮演一个角色也好，
站在旁边闲望也好，
应该都可以叫你兴高采烈。

到将要下去的红烈烈的太阳，想起李白的"西风残照，汉家陵阙"那两个名句，觉得目前的境界真是苍凉而雄伟，当时我也感觉到我不应该再留在这个世界里。我自信我的精神正常，但是这两次想死的意念真来得突兀。诗人济慈在《夜莺歌》里欣赏一个极幽美的夜景之后，也表示过同样的愿望，他说：

Now more than ever seems it rich to die.
现在死像比任何时都较丰富。

他要趁生命最丰富的时候死，过了那良辰美景，死在一个平凡枯燥的场合里，那就死得不值得。甚至于死本身，像鸟歌和花香一样，也可成为生命中一种奢侈的享受。我两次想念到死，下意识中是否也有这种奢侈欲，我不敢断定。但是如今冷静地分析想死的心理，我敢说它和想长生的道理还是一样，都是对于生命的执着。想长生是爱着生命不肯放手，想死是怕放手轻易地让生命溜走，要死得痛快才算活得痛快，死还是为着活，为着活的时候心里一点快慰。好比贪吃的人想趁吃大鱼大肉的时候死，怕的是将来吃不到那样好的，根本还是由于他贪吃，否则将来吃不到那样好的，对于他毫不感到威胁。

生命的执着属于佛家所谓"我执"，人生一切灾祸罪孽都由此起。佛家针对着人类的这个普遍的病根，倡无生，破我执，可算对症下药。但是佛家也并不曾主张灭生灭我，不曾叫人类作集体的自杀，而只叫人明白一般人所希求的和所知见的都是空幻。还不仅此，佛家在积极方面还要慈悲救世,对于生命是取护持的态度。舍身饲虎的故事显示我们为着救济他生命,须不惜牺牲己生命。我心里对此尝存一个疑惑:既证明生命空幻而还要这样护持生命是为什么呢?目前我对于佛家的了解还不够使我找出一个圆满的解答。不过我对于这生命问题倒有一个看法,这看法大体源于庄子。(我不敢说它是否合于佛家的意思)庄子尝提到生死问题,在《大宗师》篇说得尤其透辟。在这篇里他着重一个"化"字,我觉得这"化"字非常之妙。中国人称造物为"造化",万物为"万化"。生命原就是化,就是流动与变易。整个宇宙在化,物在化,我也在化。只是化,并非毁灭。草木虫鱼在化,它们并不因此而有所忧喜,而全体宇宙也不因此而有所损益。何以我独于我的化看成世间一件大了不起的事呢?我特别看待我的化,这便是"我执"。庄子对此有一段妙喻:

今大冶铸金,金踊跃曰"我且必为镆铘",大冶必以为不祥之金。

今一犯人之形,而曰"人耳,人耳",夫造化者必以为不祥之人。今以天地为大炉,以造化为大冶,恶乎往而不可哉?成然寐,蘧然觉。

在这个比喻里,庄子破了"我执",也解决了生死问题。人在造化手里,听他铸,听他"化"而已,强立物我分别,是为不祥。庄子所谓寐觉,是比喻生死。睡一觉醒过来,本不算一回事,生死何尝不如此?寐与觉为化,生与死也还是化。庄周梦为蝴蝶,则"栩栩然蝴蝶也"；"俄然觉，则蘧蘧然周也"；生而为人，死而化为鼠肝虫背，都只有听之而已。在生时这个我在大化流行中有他的妙用，死后我的化形也还是如此，庄子说：

> 浸假而化予之左臂以为鸡，予因以求时夜；浸假而化予之右臂以为弹，予因以求鸮炙……

物质毕竟是不灭的，漫说精神。试想宇宙中有几许因素来化成我，我死后在宇宙中又化成几许事物，经过几许变化，发生几许影响，这是何等伟大而悠久，丰富而曲折的一个游历，一个冒险？这真是所谓"逍遥游"！

这种人生态度就是儒家所谓"赞天地之化育"，郭象所谓"随变任化"（见《大宗师》篇"相忘以生"句注），翻成近代语就是"顺从自然"。我不愿辩护这种态度是否为颓废的或消极的，懂得的人自会懂得，无庸以口舌争。近代人说要"征服自然"，道理也很正大。但是怎样征服？还不是要顺从自然的本性？严格地说，世间没有一件不自然的事，也没一件事能不自然。因为这个道理，全体宇宙才是一个整一融贯的有机体，大化运行才是一部和谐的交响曲，而 cosmos 不是 chaos。人的最聪明的办法是与自然合拍，如草木在和风丽日中开着花叶，在严霜中枯谢，如流水行云自在运行无碍，如"鱼相与忘于江湖"。人的厄运在当着自然的大交响曲"唱翻腔"，来破坏它的和谐。执我执法，贪生想死，都是"唱翻腔"。

孔子说过："朝闻道，夕死可矣。"人难能的是这"闻道"。

我们谁不自信聪明，自以为比旁人高一着？但是谁的眼睛能跳开他那"小我"的圈子而四方八面地看一看？谁的脑筋不堆着习俗所扔下来的一些垃圾？每个人都有一个密不通风的"障"包围着他。我们的"根本惑"像佛家所说的，是"无明"。我们在这世界里大半是"盲人骑瞎马"，横冲直撞，怎能不闯祸事！所以说来说去，人生最要紧的事是"明"，是"觉"，是佛家所说的"大圆镜智"。法国人说："了解一切，就是宽恕一切"；我们可以补上一句："了解一切，就是解决一切。"生命对于我们还有问题，就因为我们对它还没有了解。既没有了解生命，我们凭什么对付生命呢？于是我想到这世间纷纷扰攘的人们。

（载《文学杂志》第 2 卷第 3 期，1947 年 8 月）

慈慧殿三号
——北平杂写之一

慈慧殿并没有殿，它只是后门里一个小胡同，因西口一座小庙得名。庙中供的是什么菩萨，我在此住了三年，始终没有去探头一看，虽然路过庙门时，心里总是要费一番揣测。慈慧殿三号和这座小庙隔着三四家居户，初次来访的朋友们都疑心它是庙，至少，它给他们的是一座古庙的印象，尤其是在树没有叶的时候；在北平，只有夏天才真是春天，所以慈慧殿三号像古庙的时候是很长的。它像庙，一则是因为它荒凉，二则是因为它冷清，但是最大的类似点恐怕在它的建筑，它孤零零地兀立在破墙荒园之中，显然与一般民房不同。这三年来，我做了它的临时"住持"，到现在仍没有请书家题一个某某斋或某某馆之类的匾额来点缀，始终很固执地叫它"慈慧殿三号"，这正如有庙无佛，多一事不如省一事。

慈慧殿三号的左右邻家都有崭新的朱漆大门，它的破烂污秽的门楼居在中间，越发显得它是一个破落户的样子。一进门，右手是一个煤栈，是今年新搬来的，天晴时天井里右方隙地总是晒着煤球，有时门口停着运煤的大车以及它所应有的附属品——黑麻布袋，黑牲口，满面涂着黑煤灰的车夫。在北方居过的人会立刻联想到一种类型的龌龊场所。一粘上煤没有不黑不脏的，你想想德胜门外，门头沟车站或是旧工厂的锅炉房，你对于慈慧殿三号的门面就可以想象得一个大概。

和煤栈对面的——仍然在慈慧殿三号疆域以内——是一个车房，所谓"车房"就是停人力车和人力车夫居住的地方。无论是停车的或是住车夫的房子照例是只有三面墙，一面露天。房子对于他们的用处只是遮风雨；至于防贼，掩盖秘密，都全是另一个阶级的需要。慈慧殿三号的门楼左手只有两间这样三面墙的房子，五六个车子占了一间；在其余的一间里，车夫、车夫的妻子和猫狗进行他们的一切活动：做饭、吃饭、睡觉、养儿子、会客谈天，等等。晚上回来，你总可以看见车夫和他的大肚子的妻子"举案齐眉"式的蹬（蹲）在地上用晚饭，房东的看门的老太婆捧着长烟杆，闭着眼睛，坐在旁边吸旱烟。有时他们围着那位精明强干的车夫听他演说时事或故事。虽无瓜架豆棚，却是乡村式的太平岁月。

这些都在二道门以外。进二道门一直望进去是一座高大而空阔的四合房子。里面整年地鸦雀无声，原因是唯一的男主人天天是夜出早归，白天里是他的高卧时间；其余尽是妇道之家，都挤在最后一进房子，让前面的房子空着。房子里面从"御赐"的屏风到四足不全的椅凳都已逐渐典卖干净，连这座空房子也已经抵押了超过卖价的债项。这里面七八口之家怎样撑持他们的槁木死灰的生命是谁也猜不出来的疑案。在三十年以前他们是声威煊赫的"皇代子"，杀人不用偿命的。我和他们整年无交涉，除非是他们的"大爷"偶尔拿一部宋拓圣教序或是一块端砚来向我换一点烟资，他们的小姐们每年照例到我的园子里来两次，春天来摘一次丁香花，秋天来打一次枣子。

煤栈、车房、破落户的旗人，北平的本地风光算是应有尽有了。我所住持的"庙"原来和这几家共一个大门出入，和它们公用"慈慧殿三号"的门牌，不过在事实上是和他们隔开来的。进二道门之后向右转，当头就是一道隔墙。进这隔墙的门才是我所特指的"慈慧殿三号"。本来这园子的几十丈左右长的围墙随处可以打一个孔，开一个独立的门户。有些朋友们嫌大门口太不像样子，常劝我这样办，但是我始终没有听从，因为我舍不得煤栈车房所给我的那点劳动生活的景象，舍不得进门时那一点曲折和垮（跨）进园子时那一点突然惊讶。如果自营一个独立门户，这几个美点就全毁了。

从煤栈车房转弯走进隔墙的门，你不能不感到一种突然惊讶。如果是早晨的话，你会立刻想到"清晨入古寺，初日照高林。曲径通幽处，禅房花木深"几句诗恰好配用在这里的。百年以上的老树到处都可爱，尤其是在城市里成林；什么种类都可爱，尤其是松柏和楸。这里没有一棵松树，我有时不免埋怨百年以前经营这个园子的主人太疏忽。柏树也只有一棵大的，但是它确实是大，而且一走进隔墙门就是它，它的浓阴布满了一个小院子，还分润到三间厢房。柏树以外，最多的是枣树，最稀奇的是楸树。北平城里人家有三棵两棵楸树的便视为珍宝。这里的楸树一数就可以数上十来棵，沿后院东墙脚的一排七棵俨然形成一段天然的墙。我到北平以后才见识楸树，一见就欢喜它。它在树木中间是神仙中间的铁拐李，《庄子》

所说的："大本臃肿而不中绳墨,小枝卷曲而不中规矩。"拿来形容楸似乎比形容樗更恰当。最奇怪的是这臃肿卷曲的老树到春天来会开类似牵牛的白花,到夏天来会放类似桑榆的碧绿的嫩叶。这园子里树木本来很杂乱,大的小的,高的低的,不伦不类地混在一起;但是这十来棵楸树在杂乱中辟出一个头绪来,替园子注定一个很明显的个性。

我不是能雇用园丁的阶级中人,要说自己动手拿锄头喷壶吧,一时兴到,容或暂以此为消遣,但是"一日曝之,十日寒之",究竟无济于事,所以园子终年是荒着的。一到夏天来,狗尾草、蒿子、前几年枣核落下地所长生的小树,以及许多只有植物学家才能辨别的草都长得有腰深。偶尔栽几棵丝瓜、玉蜀黍,以及西红柿之类的蔬菜,到后来都没在草里看不见。我自己特别挖过一片地,种了几棵芍药,两年没有开过一朵花。所以园子里所有的草木花都是自生自长用不着人经营的。秋天栽菊花比较成功,因为那时节没有多少乱草和它作剧烈的"生存竞争"。这一年以来,厨子稍分余暇来做"开荒"的工作,但是乱草总是比他勤快,随拔随长,日夜不息。如果任我自己的脾胃,我觉得对于园子还是取绝对的放任主义较好。我的理由并不像浪漫时代诗人们所怀想的,并不是要找一个荒凉凄惨的境界来配合一种可笑的伤感。我欢喜一切生物和无生物尽量地维持它们的本来面目,我欢喜自然的粗率和芜乱,所以我始终不能真正地欣赏一个很整齐有秩序,路像棋盘,常青树剪成几何形体的园子,这正如我不喜欢赵子昂的字,仇英的画,或是一个中年妇女的油头粉面。我不要求房东把后院三间有顶无墙的破屋拆去或修理好,也是因为这个缘故。它要倒塌，就随它自己倒塌去；它一日不倒塌，我一日尊重它的生存权。

园子里没有什么家畜动物。三年前宗岱和我合住的时节，他在北海里捉得一只刺猬回来放在园子里养着。后来它在夜里常作怪声气，惹得老妈见神见鬼。近来它穿墙迁到邻家去了，朋友送了只小猫来，算是补了它的缺。鸟雀儿北方本来就不多，但是因为几十棵老树的招邀，北方所有的鸟雀儿这里也算应有尽有。长年的顾客要算老鸹。它大概是鸦的别名，不过我没有下过考证。在南方它是不祥之鸟，在北方听说它的什么神话传说保护它，所以它虽然那样地"语言无谓，面目可憎"，却没有人肯剿灭它。它在鸟类中大概是最爱叫苦爱吵嘴的。你整年都听它在叫，但是永远听不出一点叫声是表现它对于生命的欣悦。在天要亮未亮的时候，它叫得特别起劲，它仿佛拼命地不让你享受香甜的晨睡，你不醒，它也引你做惊惧梦。我初来时曾买了弓弹去射它，后来弓坏了，弹完了，也就只得向它投降。反正披衣冒冷风起来驱逐它，你也还是不能睡早觉。老鸹之外，麻雀甚多，无可记载。秋冬之季常有一种颜色极漂亮的鸟雀成群飞来，形状很类似画眉，不过不会歌唱。宗岱在此时硬说它来有喜兆，相信它和他请铁板神算家所批的八字都预兆他的婚姻恋爱的成功，但是他的讼事终于是败诉，他所追求的人终于是高飞远扬。他搬走以后，这奇怪的鸟雀到了节令仍旧成群飞来。鉴于往事，我也就不肯多存奢望了。

有一位朋友的太太说慈慧殿三号颇类似《聊斋志异》中所常见的故家第宅，"旷废无居人，久之蓬蒿渐满，双扉常闭，白昼亦无敢入者……"，但是如果有一位好奇的书生在月夜里探头进去一看，会瞥见一位散花天女，嫣然微笑，叫他"不觉神摇意夺"，如此等情……我本凡胎，无此缘分，但是有一件"异"事也颇堪一"志"。有一天晚上，我躺在沙发上看书，凌坐在对面的沙发上共着一盏灯做针线，一切都沉在寂静里，猛然间听见一位穿革履的女人滴滴答答地从外面走廊的砖地上一步一步地走进来。我听见了，她也听见了，都猜着这是沉樱来了——她有时踏这种步声走进来。我走到门前掀帘子去迎她，声音却没有了，什么也没有看见。后来再三推测所得的解释是街上行人的步声，因为夜静，虽然是很远，听起来就好像近在咫尺。这究竟很奇怪，因为我们坐的地方是在一个很空旷的园子里，离街很远，平时在房子里绝对听不见街上行人的步声，而且那次听见步声分明是在走廊的砖地上。这件事常存在我的心里，我仿佛得到一种启示，觉得我在这城市中所听到的一切声音都像那一夜所听到的步声，听起来那么近，而实在却又那么远。

（载《论语》第 94 期，1936 年 8 月）

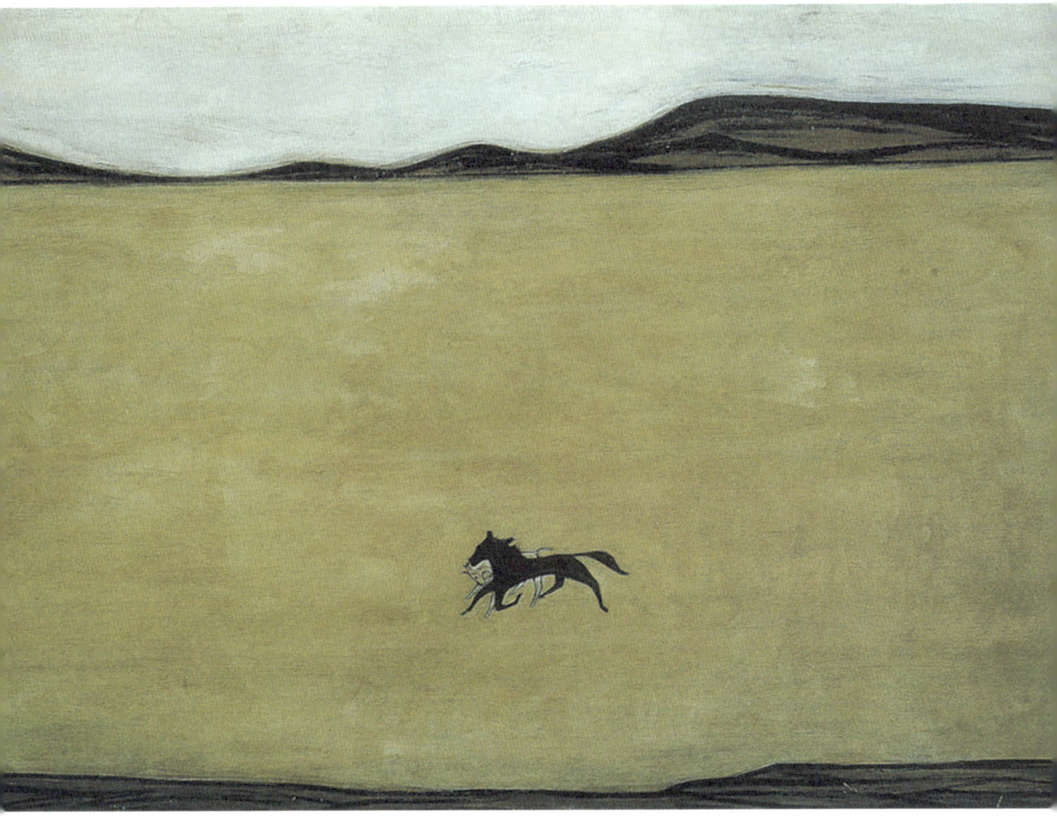

后门大街
——北平杂写之二

人生第一乐趣是朋友的契合。假如你有一个情趣相投的朋友居在邻近，风晨雨夕，彼此用不着走许多路就可以见面，一见面就可以毫无拘束地闲谈，而且一谈就可以谈出心事来，你不嫌他有一点怪脾气，他也不嫌你迟钝迂腐，像约翰逊和鲍斯韦尔在一块儿似的，那你就没有理由埋怨你的星宿。这种幸福永远使我可望而不可攀。第一，我生性不会谈话，和一个朋友在一块儿坐不到半点钟，就有些心虚胆怯，刻刻意识到我的呆板干枯叫对方感到乏味。谁高兴向一个只会说"是的""那也未见得"之类无谓语的人溜嗓子呢？其次，真正亲切的朋友都要结在幼年，人过三十，都不免不由自主地染上一些世故气，很难结交真正情趣相投的朋友。"相识满天下，知心能几人？"虽是两句平凡语，却是慨乎言之。因此，我唯一的解闷的方法就只有逛后门大街。

居过北平的人都知道北平的街道像棋盘线似的依照对称原则排列。有东四牌楼就有西四牌楼，有天安门大街就有地安门大街。北平的精华可以说全在天安门大街。它的宽大、整洁、辉煌，立刻就

我欢喜一切生物和无生物尽量地
维持它们的本来面目，
我欢喜自然的粗率和芜乱。

会使你觉到它象征一个古国古城的伟大雍容的气象。地安门（后门）大街恰好给它做一个强烈的反衬。它偏僻、阴暗、湫隘、局促，没有一点可以叫一个初来的游人留恋。我住在地安门里的慈慧殿，要出去闲逛，就只有这条街最就便。我无论是阴晴冷热，无日不出门闲逛，一出门就很机械地走到后门大街。它对于我好比一个朋友，虽是平凡无奇，因为天天见面，很熟悉，也就变成很亲切了。

从慈慧殿到北海后门比到后门大街也只远几百步路。出后门，一直向北走就是后门大街，向西转稍走几百步路就是北海。后门大街我无日不走，北海则从老友徐中舒随中央研究院南迁以后（他原先住在北海），我每周至多只去一次。这并非北海对于我没有意味，我相信北海比我所见过的一切园子都好，但是北海对于我终于是一种奢侈，好比乡下姑娘的唯一的一件漂亮衣，不轻易从箱底翻出来穿一穿的。有时我本预备去北海，但是一走到后门，就变了心眼，一直朝北去走大街，不向西转那一个弯。到北海要买门票，花二十枚铜子是小事，免不着那一层手续，究竟是一种麻烦；走后门大街可以长驱直入，没有站岗的向你伸手索票，打断你的幻想。这是第一个分别。在北海逛的是时髦人物，个个是衣裳楚楚，油头滑面的。你头发没有梳，胡子没有光，鞋子也没有换一双干净的，"囚首垢面而谈诗书"，已经是大不韪，何况逛公园？后门大街上走的尽是贩夫走卒，没有人嫌你怪相，你可以彻底地"随便"。这是第二个分别。逛北海，走到"仿膳"或是"漪澜堂"的门前，你不免想抬头看看那些喝茶的中间有你的熟人没有，但是你又怕打招呼，怕那里有你的熟人，故意地低着头匆匆地走过去，像做了什么坏事似的。

在后门大街上你准碰不见一个熟人，虽然常见到彼此未通过姓名的熟面孔，也各行其便，用不着打无味的招呼。你可以尽量地饱尝着"匿名者"（Incognito）的心中一点自由而诡秘的意味。这是第三个分别。因为这些缘故，我老是牺牲北海的朱梁画栋和香荷绿柳而踽踽独行于后门大街。

到后门大街我很少空手回来。它虽然是破烂，虽然没有半里路长，却有十几家古玩铺，一家旧书店。这一点点缀可以见出后门大街也曾经过一个繁华时代，阅历过一些沧桑岁月，后门旧为旗人区域，旗人破落了，后门也就随之破落。但是那些破落户的破铜破铁还不断地送到后门的古玩铺和荒货摊。这些东西本来没有多少值得收藏的，但是偶尔遇到一两件，实在比隆福寺和厂甸的便宜，我花过四块钱买了一部明初拓本《史晨碑》，六块钱买了二十几锭乾隆御墨，两块钱买了两把七星双刀，有时候花几毛钱买一个瓷瓶，一张旧纸，或是一个香炉。这些小东西本无足贵，但是到手时那一阵高兴实在是很值得追求，我从前在乡下时学过钓鱼，常瞪半天看不见浮标幌影子，偶然钓起来一个寸长的小鱼，虽明知其不满一咽，心里却非常愉快，我究竟是钓得了，没有落空。我在后门大街逛古董铺和荒货摊，心情正如钓鱼，鱼是小事，钓着和期待着有趣，钓得到什么，自然更是有趣。许多古玩铺和旧书店的老板都和我由熟识而成好朋友。过他们的门前，我的脚不由自主地踏进去。进去了，看了半天，件件东西都还是昨天所见过的。我自己觉得翻了半天还是空手走，有些对不起主人；主人也觉得没有什么新东西可以卖给我，心里有些歉然。但是这一点不尴尬，并不能妨碍我和主人的好感，到明天，我的脚还是照旧地不由自主地踏进他的门，他也依旧打起那副笑面孔接待我。

后门大街龌龊，是毋庸讳言的。就目前说，它虽不是贫民窟，一切却是十足的平民化。平民的最基本的需要是吃，后门大街上许多活动都是根据这个基本需要而在那里川流不息地进行。假如你是一个外来人在后门大街走过一趟之后，坐下来搜求你的心影，除着破铜破铁破衣破鞋之外，就只有青葱大蒜、油条烧饼和卤肉肥肠，一些油腻腻灰灰土土的七三八四和苍蝇骆驼混在一堆在你的昏眩的眼帘前幌影子。如果你回想你所见到的行人，他不是站在锅炉旁嚼烧饼的洋车夫，就是坐在扁担上看守大蒜咸鱼的小贩。那里所有的颜色和气味都是很强烈的。这些混乱而又秽浊的景象有如陈年牛酪和臭豆腐乳，在初次接触时自然不免惹起你的嫌恶；但是如果你尝惯了它的滋味，它对于你却有一种不可抵御的引诱。

别说后门大街平凡，它有的是生命和变化！只要你有好奇心，肯乱窜，在这不满半里路长的街上和附近，你准可以不断地发现新世界。我逛过一年以上，才发现路西一个夹道里有一家茶馆。花三大枚的水钱，你可以在那儿坐一晚，听一部《济公传》或是《长坂坡》。至于火神庙里那位老拳师变成我的师傅，还是最近的事。你如果有幽默的癖性，你随时可以在那里寻到有趣的消遣。有一天晚上我坐在一家旧书铺里，从外面进来一个跛子，向店主人说了关于他的生平一篇可怜的故事，讨了一个铜子出去。我觉得这人奇怪，就起来跟在他后面走，看他跛进了十几家店铺之后，腿子猛然直起来，踏着很平稳安闲的大步，唱"我好比南来雁"，沉没到一个阴暗的夹道里去了。在这个世界里的人们，无论他们的生活是复杂或简单，关于谁你能够说，"我真正明白他的底细"呢？

一到了上灯时候，尤其在夏天，后门大街就在它的古老躯干之下尽量地炫耀近代文明。理发馆和航空奖券经理所的门前悬着一排又一排的百支烛光的电灯，照相馆的玻璃窗里所陈设的时装少女和京戏名角的照片也越发显得光彩夺目。家家洋货铺门上都张着无线电的大口喇叭，放送京戏鼓书相声和说不尽的许多其他热闹玩意儿。这时候后门大街就变成人山人海，左也是人，右也是人，各种各样的人。少奶奶牵着她的花簇簇的小儿女，羊肉店的老板扑着他的芭蕉叶，白衫黑裙和翻领卷袖的学生们抱着膀子或是靠着电线杆，泥瓦匠坐在阶石上敲去旱烟筒里的灰，大家都一齐心领神会似的在听，在看，在发呆。在这种时会，后门大街上准有我；在这种时会，我丢开几十年教育和几千年文化在我身上所加的重压，自自在在地沉没在贤愚一体、皂白不分的人群中，尽量地满足牛要跟牛在一块，蚂蚁要跟蚂蚁在一块那一种原始的要求。我觉得自己是这一大群人中的一个人，我在我自己的心腔血管中感觉到这一大群人的脉搏的跳动。

后门大街，对于一个怕周旋而又不甘寂寞的人，你是多么亲切的一个朋友！

此文曾登过《武汉日报·现代文艺》，因该报阅者限于个别区域，原文刊的错字又太多，所以拿它来替《论语》填空白。

作者记

（载《论语》第101期，1936年12月）

在这个世界里的人们,
无论他们的生活是复杂或简单,
关于谁你能够说,
"我真正明白他的底细"呢?

花会

紫陌红尘拂面来，无人不道看花回。

——刘禹锡

成都整年难得见太阳，全城的人天天都埋在阴霾里，像古井阑的苔藓，他们浑身染着地方色彩，浸润阴幽、沉寂，永远在薄雾浓云里度过他们的悠悠岁月。他们好闲，却并不甘寂寞，吃饭、喝茶、逛街、看戏，都向人多的处所挤。挤来挤去，左右不过是那几个地方。早上坐少城公园的茶馆，晚上逛春熙路，西东大街以及满街挂着牛肉的皇城坎，你会想到成都人没有在家里坐着的习惯，有闲空总得出门，有热闹总得挨凑进去。成都人的生活可以说是"户外的"，但是同时也是"城里的"。翻来覆去，总跳不出这个城圈子。五十万的人口，几十方里的面积，形成一种大规模的蜂巢蚁穴。所以表面看来，车如流水马如龙，无处不是骚动，而实际上这种骚动只是蛰伏式的蠕动，像成都一位老作家所说的"死水微澜"。

花会时节是成都人的惊蛰期。举行花会的地方是西门外的青羊宫。这座大道观据说是从唐朝遗留下来的。花会起于何朝何代，尚待考据家去推断，大概来源也很早。成都的天气是著名的阴沉，但在阳春三月，风光却特别明媚。春来得迟，一来了，气候就猛然由温暖而热燥，所以在其他地带分季开放的花卉在成都却连班出现。梅花茶花没有谢，接着就是桃杏，桃杏没有谢，接着就是木槿建兰芍药。在三月里你可以同时见到冬春夏三季的花。自然普遍的花要算菜花。成都大平原纵横有五六百里路之广。三月间登高一望，视线所能达到的地方尽是菜花麦苗，金黄一片，杂以油绿，委实是一种大观。在太阳之下，花光草色如怒火放焰，闪闪浮动，固然显出山河浩荡生气蓬勃的景象，有时春阴四布，小风薄云，苗青鹊静，亦别有一番清幽情致。这时候成都人，无论是男女老少，便成群结队地出城游春了。

游春自然是赶花会。花会之名并不副实。陈列各种时花的地方是庙东南一个偏僻的角落。所陈列的不过是一些普通花卉，并无名品，据说今年花会未经政府提倡，没有往年的热闹，外县以及本城的名园都没有把他们的珍品送来。无论如何，到花会来的人重要目的并不在看花而在凑热闹看人。成都人究竟是成都人，丢不开那古老城市的风俗习惯。花会场所还是成都城市的具体而微。古董摊和书画摊是成都搬来的会府和西玉龙街，铜铁摊是成都搬来的东御街，著名的吴抄手在此有临时分店，临时茶馆菜馆面馆更简直都还是成都城里的那种气派。每个菜馆后面差不多都有个篾篷，一个大篾箱似的东西只留着一个方孔做门，门上挂着大红布帘。里面锣鼓喧阗，川戏、相声、洋琴、大鼓、杂耍，应有尽有。纵横不过一里的地方，除着成都城里所有的形形色色之外，还有乡下人摆的竹器木器花根谷种以至于锄头菜刀水桶烟杆之类。地方小，花样多所以挤，所以热闹。大家来此，吃、喝、买、卖、"耍"、看，城里人来看乡下人，乡下人来看城里人，男的来看女的，女的来看男的。好一幅仇十洲的《清明上河图》，虽然它所表现的不尽是太平盛世的攘往熙来的盛况。

除掉几条繁盛街道之外，成都在大体上还保存着古代城市的原始风味。舶来品尽管在电光闪烁之下惊心夺目，在幽暗僻静的街道里，铜铁匠还是用钉锤锻生铜制铁制水烟袋，织工们还是在竹框撑紧的蜀锦上一针一线地绣花绣鸟。所有的道地的工商业都还是手工品的工商业。他们的制法和用法都有很长久的传统做基础。要是为实用的，它们必定是坚实耐久；要是为玩耍的，它们必定是精细雅致。一个水桶的提手横木可以粗得像屋梁，一茎狗尾草叶可以编成口眼脚翅全具的蚱蜢或蜻蜓。只要你还保存有几分稚气，花会中所陈列的这些大大小小的物品件件都很可以使你流连。假如你像我的话，有一个好玩的小孩子你可注意的东西就更多，风车、泥人、木马、小花篮，以及许多形形色色的小玩具都可以使你自慰不虚此行。此外，成都人古董书画之癖在花会里也可以略窥一二。老君堂的里外前后的墙壁都挂满着字画，台阶上都摆满着碑帖。自然，像一般的中国人，成都人也很会制造假古董，也很喜欢买假古董。花会之盛，这也是一个原因。

花会之盛还另有一个原因，就是在一般人心中，青羊宫里所供奉的那位李老君是神通广大的道教祖。青羊者据说是李老君西升后到成都显圣所骑的牲畜。后人纪念这个圣迹，立祠奉祀。于今青羊宫正殿里还有两头青铜铸成的羊子，一牝一牡，牝左牡右。单讲这两匹羊的形样，委实是值得称赞的艺术品。到花会的人少不得都要摸一摸这两匹羊。据说有病的人摸它们一摸，病就会自然痊愈。摸的地方也有讲究，头病摸头脚病摸脚，错乱不得。古往今来病头病脚以及病非头非脚的地方者大概不少，所以于今这两匹羊周身被摸得精光。羊尚如此，老君本人可知，于是老君堂上满挂着前朝巡抚提督现代省长督军亲书或请人代书的匾额。金光四耀，煞是妙相庄严，到此不由人不肃然起敬，何况青羊宫门槛之高打破任何记录！祈财、祈子、祈福、祈寿、祈官，都得爬过这高门槛向老君进香。爬这高门槛的身手不同，奇态便不免百出。七八十岁的老太太须得放下拐杖，用双手伏在门槛上，然后徐徐把双脚迈过去。至于摩登小姐也有提起旗袍叉（衩）口，一大步就迈过去的。大殿上很整秩地摆着一列又一列的棕制蒲团。跪在蒲团上捧香默祷的有乡下佬，有达官富商，也有脚踏高跟皮鞋襟口挂着自来水笔的摩登小姐，如上文所云一大步就迈进门户槛的。在这里新旧两代携手言欢，各表心愿。香炉之旁，例有钱桶。花会时钱桶易满。站在香炉旁烧香的道士此时特别显得油光滑面，喜笑颜开。"临邛道士鸿都客，能以精诚致魂魄"，此风至今未泯也。

　　成都素有小北平之称。熟习北平的人看到花会自然联想到厂甸的庙会，它们都是交易、宗教、游玩打成一片的。单就陈列品说，厂甸较为丰富精美，但是就天时与地利说，成都花会赶春天在乡村举行，实在占不少的便宜。逛花会不尽是可以凑热闹，买玩意儿，祈财求子，还可以趁风和日暖的时候吐一吐城市的秽浊空气，有如古人的修禊，青羊宫本身固然也不很清洁，那里人山人海中的空气也不见得清新。可是花会逛过了，沿着城西郊马路回城，或是刚出城时沿着城西郊赴花会，平畴在望，清风徐来，路右边一阵又一阵的男男女女带着希望去，左边一阵又一阵的男男女女提着风车或是竹篮回来，真所谓"无边光景一时新"，你纵是老年人，也会觉得年轻十岁了。人过中年，难得常有这样少年的兴致。让我赞美这成都花会啊！

（载《工作》第 4 期，1938 年 5 月）

美，若提灯寻影

美本身极为柔弱，却不可征服。

我们对于一棵古松的三种态度
―― 实用的、科学的、美感的

我刚才说,一切事物都有几种看法。你说一件事物是美的或是丑的,这也只是一种看法。换一个看法,你说它是真的或是假的;再换一种看法,你说它是善的或是恶的。同是一件事物,看法有多种,所看出来的现象也就有多种。

比如园里那一棵古松,无论是你是我或是任何人一看到它,都说它是古松。但是你从正面看,我从侧面看,你以幼年人的心境去看,我以中年人的心境去看,这些情境和性格的差异都能影响到所看到的古松的面目。古松虽只是一件事物,你所看到的和我所看到的古松却是两件事。假如你和我各把所得的古松的印象画成一幅画或是写成一首诗,我们俩艺术手腕尽管不分上下,你的诗和画与我的诗和画相比较,却有许多重要的异点。这是什么缘故呢?这就由于知觉不完全是客观的,各人所见到的物的形象都带有几分主观的色彩。

假如你是一位木商,我是一位植物学家,另外一位朋友是画家,三人同时来看这棵古松。我们三人可以说同时都"知觉"到这一棵树,可是三人所"知觉"到的却是三种不同的东西。你脱离不了你的木商的心习，你所知觉到的只是一棵做某事用值几多钱的木料。我也脱离不了我的植物学家的心习，我所知觉到的只是一棵叶为针状、果为球状、四季常青的显花植物。我们的朋友——画家——什么事都不管，只管审美，他所知觉到的只是一棵苍翠劲拔的古树。我们三人的反应态度也不一致。你心里盘算它是宜于架屋或是制器，思量怎样去买它，砍它，运它。我把它归到某类某科里去，注意它和其他松树的异点，思量它何以活得这样老。我们的朋友却不这样东想西想，他只在聚精会神地观赏它的苍翠的颜色，它的盘曲如龙蛇的线纹以及它的昂然高举、不受屈挠的气概。

从此可知这棵古松并不是一件固定的东西，它的形象随观者的性格和情趣而变化。各人所见到的古松的形象都是各人自己性格和情趣的返照。古松的形象一半是天生的，一半也是人为的。极平常的知觉都带有几分创造性；极客观的东西之中都有几分主观的成分。

美也是如此。有审美的眼睛才能见到美。这棵古松对于我们的画画的朋友是美的，因为他去看它时就抱了美感的态度。你和我如果也想见到它的美，你须得把你那种木商的实用的态度丢开，我须得把植物学家的科学的态度丢开，专持美感的态度去看它。

这三种态度有什么分别呢？

先说实用的态度。做人的第一件大事就是维持生活。既要生活，就要讲究如何利用环境。"环境"包含我自己以外的一切人和物在内，这些人和物有些对于我的生活有益，有些对于我的生活有害，有些对于我不关痛痒。我对于他们于是有爱恶的情感，有趋就或逃避的意志和活动。这就是实用的态度。实用的态度起于实用的知觉，实用的知觉起于经验。小孩子初出世，第一次遇见火就伸手去抓，被它烧痛了，以后他再遇见火，便认识它是什么东西，便明了它是烧痛手指的，火对于他于是有意义。事物本来都是很混乱的，人为便利实用起见，才像被火烧过的小孩子根据经验把四周事物分类立名，说天天吃的东西叫做"饭"，天天穿的东西叫做"衣"，某种人是朋友，某种人是仇敌，于是事物才有所谓"意义"。意义大半都起于实用。在许多人看，衣除了是穿的，饭除了是吃的，女人除了是生小孩的一类意义之外，便寻不出其他意义。所谓"知觉"，就是感官接触某种人或物时心里明了他的意义。明了他的意义起初都只是明了他的实用。明了实用之后，才可以对他起反应动作，或是爱他，或是恶他，或是求他，或是拒他，木商看古松的态度便是如此。

　　科学的态度则不然。它纯粹是客观的，理论的。所谓客观的态度就是把自己的成见和情感完全丢开，专以"无所为而为"的精神去探求真理。理论是和实用相对的。理论本来可以见诸实用，但是科学家的直接目的却不在于实用。科学家见到一个美人，不说我要去向她求婚，她可以替我生儿子，只说我看她这人很有趣味，我要来研究她的生理构造，分析她的心理组织。科学家见到一堆粪，不说它的气味太坏，我要掩鼻走开，只说这堆粪是一个病人排泄的，我要分析它的化学成分，看看有没有病菌在里面。科学家自然也有见到美人就求婚，见到粪就掩鼻走开的时候，但是那时候他已经由科学家还到实际人的地位了。科学的态度之中很少有情感和意志，它的最重要的心理活动是抽象的思考。科学家要在这个混乱的世界中寻出事物的关系和条理，纳个物于概念，从原理演个例，分出某

美之中要有人情
也要有物理，
二者缺一都不能见出美。

者为因，某者为果，某者为特征，某者为偶然性。植物学家看古松的态度便是如此。

木商由古松而想到架屋、制器、赚钱，等等，植物学家由古松而想到根茎花叶、日光水分，等等，他们的意识都不能停止在古松本身上面。不过把古松当作一块踏脚石，由它跳到和它有关系的种种事物上面去。所以在实用的态度中和科学的态度中，所得到的事物的意象都不是独立的、绝缘的，观者的注意力都不是专注在所观事物本身上面的。注意力的集中，意象的孤立绝缘，便是美感的态度的最大特点。比如我们的画画的朋友看古松，他把全副精神都注在松的本身上面，古松对于他便成了一个独立自足的世界。他忘记他的妻子在家里等柴烧饭，他忘记松树在植物教科书里叫做显花植物，总而言之，古松完全占领住他的意识，古松以外的世界他都视而不见、听而不闻了。他只把古松摆在心眼面前当作一幅画去玩味。他不计较实用，所以心中没有意志和欲念；他不推求关系、条理、因果，等等，所以不用抽象的思考。这种脱净了意志和抽象思考的心理活动叫做"直觉"，直觉所见到的孤立绝缘的意象叫做"形象"。美感经验就是形象的直觉，美就是事物呈现形象于直觉时的特质。

实用的态度以善为最高目的，科学的态度以真为最高目的，美感的态度以美为最高目的。在实用态度中，我们的注意力偏在事物对于人的利害，心理活动偏重意志；在科学的态度中，我们的注意力偏在事物间的互相关系，心理活动偏重抽象的思考；在美感的态度中，我们的注意力专在事物本身的形象，心理活动偏重直觉。真善美都是人所定的价值，不是事物所本有的特质。离开人的观点而言，事物都浑然无别，善恶、真伪、美丑就漫无意义。真善美都含有若干主观的成分。

就"用"字的狭义说，美是最没有用处的。科学家的目的虽只在辨别真伪，他所得的结果却可效用于人类社会。美的事物如诗文、图画、雕刻、音乐等等都是寒不可以为衣，饥不可以为食的。从实用的观点看，许多艺术家都是太不切实用的人物。然则我们又何必来讲美呢？人性本来是多方的，需要也是多方的。真善美三者俱备才可以算是完全的人。人性中本有饮食欲，渴而无所饮，饥而无所食，固然是一种缺乏；人性中本有求知欲而没有科学的活动，本有美的嗜好而没有美感的活动，也未始不是一种缺乏。真和美的需要也是人生中的一种饥渴——精神上的饥渴。疾病衰老的身体才没有口腹的饥渴。同理，你遇到一个没有精神上的饥渴的人或民族，你可以断定他的心灵已到了疾病衰老的状态。

人所以异于其他动物的就是于饮食男女之外还有更高尚的企求，美就是其中之一。是壶就可以贮茶，何必又求它形式、花样、颜色都要好看呢？吃饱了饭就可以睡觉，何必又呕心血去作诗、画画、奏乐呢？"生命"是与"活动"同义的，活动愈自由生命也就愈有意义。人的实用的活动全是有所为而为，是受环境需要限制的；人的美感的活动全是无所为而为，是环境不需要他活动而他自己愿意去活动的。在有所为而为的活动中，人是环境需要的奴隶；在无所为而为的活动中，人是自己心灵的主宰。这是单就人说，就物说呢，在实用的和科学的世界中，事物都借着和其他事物发生关系而得到意义，到了孤立绝缘时就都没有意义；但是在美感世界中它却能孤立绝缘，却能在本身现出价值。照这样看，我们可以说，美是事物的最有价值的一面，美感的经验是人生中最有价值的一面。

许多轰轰烈烈的英雄和美人都过去了，许多轰轰烈烈的成功和失败也都过去了，只有艺术作品真正是不朽的。数千年前的《采采卷耳》和《孔雀东南飞》的作者还能在我们心里点燃很强烈的火焰，虽然在当时他们不过是大皇帝脚下的不知名的小百姓。秦始皇并吞六国，统一车书，曹孟德带八十万人马下江东，舳舻千里，旌旗蔽空，这些惊心动魄的成败对于你有什么意义？对于我有什么意义？但是长城和《短歌行》对于我们还是很亲切的，还可以使我们心领神会这些骸骨不存的精神气魄。这几段墙在，这几句诗在，他们永远对于人是亲切的。由此类推，在几千年或是几万年以后看现在纷纷扰扰的"帝国主义""反帝国主义""电影明星"之类对于人有什么意义？我们这个时代是否也有类似长城和《短歌行》的纪念坊留给后人，让他们觉得我们也还是很亲切的么？悠悠的过去只是一片漆黑的天空，我们所以还能认识出来这漆黑的天空者，全赖思想家和艺术家所散布的几点星光。朋友，让我们珍重这几点星光！让我们也努力散布几点星光去照耀那和过去一般漆黑的未来！

"当局者迷，旁观者清"
——艺术和实际人生的距离

有几件事实我觉得很有趣味，不知道你有同感没有？

我的寓所后面有一条小河通莱茵河。我在晚间常到那里散步一次，走成了习惯，总是沿东岸去，过桥沿西岸回来。走东岸时我觉得西岸的景物比东岸的美；走西岸时适得其反，东岸的景物又比西岸的美。对岸的草木房屋固然比较这边的美，但是它们又不如河里的倒影。同是一棵树，看它的正身本极平凡，看它的倒影却带有几分另一世界的色彩。我平时又欢喜看烟雾朦胧的远树，大雪笼盖的世界和更深夜静的月景。本来是习见不以为奇的东西，让雾、雪、月盖上一层白纱，便见得很美丽。

北方人初看到西湖，平原人初看到峨嵋，虽然审美力薄弱的村夫，也惊讶它们的奇景；但在生长在西湖或峨嵋的人除了以居近名胜自豪以外，心里往往觉得西湖和峨嵋实在也不过如此。新奇的地方都比熟悉的地方美，东方人初到西方，或是西方人初到东方，都往往觉得面前景物件件值得玩味。本地人自以为不合时尚的服装和举动，在外方人看，却往往有一种美的意味。

古董癖也是很奇怪的。一个周朝的铜鼎或是一个汉朝的瓦瓶在当时也不过是盛酒盛肉的日常用具，在现在却变成很稀有的艺术品。固然有些好古董的人是贪它值钱，但是觉得古董实在可玩味的人却不少。我到外国人家去时，主人常欢喜拿一点中国东西给我看。这总不外瓷罗汉、蟒袍、渔樵耕读图之类的装饰品，我看到每每觉得羞涩，而主人却诚心诚意地夸奖它们好看。

种田人常羡慕读书人，读书人也常羡慕种田人。竹篱瓜架旁的黄粱浊酒和朱门大厦中的山珍海鲜，在旁观者所看出来的滋味都比当局者亲口尝出来的好。读陶渊明的诗，我们常觉到农人的生活真是理想的生活，可是农人自己在烈日寒风之中耕作时所尝到的况味，绝不似陶渊明所描写的那样闲逸。

人常是不满意自己的境遇而羡慕他人的境遇，所以俗语说："家花不比野花香。"人对于现在和过去的态度也有同样的分别。本来是很酸辛的遭遇到后来往往变成很甜美的回忆。我小时在乡下住，早晨看到的是那几座茅屋，几畦田，几排青山，晚上看到的也还是那几座茅屋，几畦田，几排青山，觉得它们真是单调无味，现在回忆起来，却不免有些留恋。

这些经验你一定也注意到的。它们是什么缘故呢？

这全是观点和态度的差别。看倒影，看过去，看旁人的境遇，看稀奇的景物，都好比站在陆地上远看海雾，不受实际的切身的利害牵绊，能安闲自在地玩味目前美妙的景致。看正身，看现在，看自己的境遇，看习见的景物，都好比乘海船遇着海雾，只知它妨碍呼吸，只嫌它耽误程期，预兆危险，没有心思去玩味它的美妙。持实用的态度看事物,它们都只是实际生活的工具或障碍物,都只能引起欲念或嫌恶。要见出事物本身的美,我们一定要从实用世界跳开,以"无所为而为"的精神欣赏它们本身的形象。总而言之,美和实际人生有一个距离,要见出事物本身的美,须把它摆在适当的距离之外去看。

再就上面的实例说,树的倒影何以比正身美呢?它的正身是实用世界中的一片段,它和人发生过许多实用的关系。人一看见它,不免想到它在实用上的意义,发生许多实际生活的联想。它是避风息凉的或是架屋烧火的东西。在散步时我们没有这些需要,所以就觉得它没有趣味。倒影是隔着一个世界的,是幻境的,是与实际人生无直接关联的。我们一看到它,就立刻注意到它的轮廓线纹和颜色,好比看一幅图画一样。这是形象的直觉,所以是美感的经验。总而言之,正身和实际人生没有距离,倒影和实际人生有距离,美的差别即起于此。

同理,游历新境时最容易见出事物的美。习见的环境都已变成实用的工具。比如我久住在一个城市里面,出门看见一条街就想到朝某方向走是某家酒店,朝某方向走是某家银行;看见了一座房子就想到它是某个朋友的住宅,或是某个总长的衙门。这样的"由盘而之钟",我的注意力就迁到旁的事物上去,不能专心致志地看这条街或是这座房子究竟像个什么样子。在崭新的环境中,我还没有认识事物的实用的意义,事物还没有变成实用的工具,一条街还只是一条街而不是到某银行或某酒店的指路标,一座房子还只是某颜色某线形的组合而不是私家住宅或是总长衙门,所以我能见出它们

艺术本来是弥补人生和自然缺陷的。

本身的美。

　　一件本来惹人嫌恶的事情，如果你把它推远一点看，往往可以成为很美的意象。卓文君不守寡，私奔司马相如，陪他当垆卖酒。我们现在把这段情史传为佳话。我们读李长吉的"长卿怀茂陵，绿草垂石井，弹琴看文君，春风吹鬓影"几句诗，觉得它是多么幽美的一幅画！但是在当时人看，卓文君失节却是一件秽行丑迹。袁子才尝刻一方"钱塘苏小是乡亲"的印，看他的口吻是多么自豪！但是钱塘苏小究竟是怎样的一个伟人？她原来不过是南朝的一个妓女。和这个妓女同时的人谁肯攀她做"乡亲"呢？当时的人受实际问题的牵绊，不能把这些人物的行为从极繁复的社会信仰和利害观念的圈套中划出来，当作美丽的意象来观赏。我们在时过境迁之后，不受当时的实际问题的牵绊，所以能把它们当作有趣的故事来谈。它们在当时和实际人生的距离太近，到现在则和实际人生距离较远了，好比经过一些年代的老酒，已失去它的原来的辣性，只留下纯淡的滋味。

　　一般人迫于实际生活的需要，都把利害认得太真，不能站在适当的距离之外去看人生世相，于是这丰富华严的世界，除了可效用于饮食男女的营求之外，便无其他意义。他们一看到瓜就想它是可以摘来吃的，一看到漂亮的女子就起性欲的冲动。他们完全是占有欲的奴隶。花长在园里何尝不可以供欣赏？他们却欢喜把它摘下来挂在自己的襟上或是插在自己的瓶里。一个海边的农夫逢人称赞他的门前海景时，便很羞涩地回过头来指着屋后一园菜说："门前虽没有什么可看的，屋后这一园菜却还不差。"许多人如果不知道周鼎汉瓶是很值钱的古董，我相信他们宁愿要一个不易打烂的铁锅或瓷罐，不愿要那些不能煮饭藏菜的破铜破铁。这些人都是不能在艺术品或自然美和实际人生之中维持一种适当的距离。

艺术家和审美者的本领就在能不让屋后的一园菜压倒门前的海景，不拿盛酒盛菜的标准去估定周鼎汉瓶的价值，不把一条街当作到某酒店和某银行去的指路标。他们能跳开利害的圈套，只聚精会神地观赏事物本身的形象。他们知道在美的事物和实际人生之中维持一种适当的距离。

我说"距离"时总不忘冠上"适当的"三个字，这是要注意的。"距离"可以太过，可以不及。艺术一方面要能使人从实际生活牵绊中解放出来，一方面也要使人能了解，能欣赏，"距离"不及，容易使人回到实用世界，距离太远，又容易使人无法了解欣赏。这个道理可以拿一个浅例来说明。

王渔洋的《秋柳诗》中有两句说："相逢南雁皆愁侣，好语西乌莫夜飞。"在不知这诗的历史的人看来，这两句诗是漫无意义的，这就是说，它的距离太远，读者不能了解它，所以无法欣赏它。《秋柳诗》原来是悼明亡的，"南雁"是指国亡无所依附的故旧大臣，"西乌"是指有意屈节降清的人物。假使读这两句诗的人自己也是一个"遗老"，他对于这两句诗的情感一定比旁人较能了解。但是他不一定能取欣赏的态度，因为他容易看这两句诗而自伤身世，想到种种实际人生问题上面去，不能把注意力专注在诗的意象上面，这就是说，《秋柳诗》对于他的实际生活距离太近了，容易把他由美感的世界引回到实用的世界。

许多人欢喜从道德的观点来谈文艺,从韩昌黎的"文以载道"说起,一直到现代"革命文学"以文学为宣传的工具止,都是把艺术硬拉回到实用的世界里去。一个乡下人看戏,看见演曹操的角色扮老奸巨猾的样子惟妙惟肖,不觉义愤填胸,提刀跳上舞台,把他杀了。从道德的观点评艺术的人们都有些类似这位杀曹操的乡下佬,义气虽然是义气,无奈是不得其时,不得其地。他们不知道道德是实际人生的规范,而艺术是与实际人生有距离的。

艺术须与实际人生有距离,所以艺术与极端的写实主义不相容。写实主义的理想在妙肖人生和自然,但是艺术如果真正做到妙肖人生和自然的境界,总不免把观者引回到实际人生,使他的注意力旁迁于种种无关美感的问题,不能专心致志地欣赏形象本身的美。比如裸体女子的照片常不免容易刺激性欲,而裸体雕像如《米罗爱神》,裸体画像如法国安格尔的《汲泉女》,都只能令人肃然起敬。这是什么缘故呢?这就是因为照片太逼肖自然,容易像实物一样引起人的实用的态度;雕刻和图画都带有若干形式化和理想化,都有几分不自然,所以不易被人误认为实际人生中的一片段。

艺术上有许多地方,乍看起来,似乎不近情理。古希腊和中国旧戏的角色往往带面具、穿高底鞋,表演时用歌唱的声调,不像平常说话。埃及雕刻对于人体加以抽象化,往往千篇一律。波斯图案画把人物的肢体加以不自然的扭曲,中世纪"哥特式"诸大教寺的雕像把人物的肢体加以不自然的延长。中国和西方古代的画都不用远近阴影。这种艺术上的形式化往往遭浅人唾骂,它固然时有流弊,其实也含有至理。这些风格的创始者都未尝不知道它不自然,但是他们的目的正在使艺术和自然之中有一种距离。说话不押韵，不论平仄，作诗却要押韵，要论平仄，道理也是如此。艺术本来是弥补人生和自然缺陷的。如果艺术的最高目的仅在妙肖人生和自然，我们既已有人生和自然了，又何取乎艺术呢？

　　艺术都是主观的，都是作者情感的流露，但是它一定要经过几分客观化。艺术都要有情感，但是只有情感不一定就是艺术。许多人本来是笨伯而自信是可能的诗人或艺术家。他们常埋怨道："可惜我不是一个文学家，否则我的生平可以写成一部很好的小说。"富于艺术材料的生活何以不能产生艺术呢？艺术所用的情感并不是生糙的而是经过反省的。蔡琰在丢开亲生子回国时绝写不出《悲愤诗》，杜甫在"入门闻号咷，幼子饥已卒"时决写不出《自京赴奉先咏怀五百字》。这两首诗都是"痛定思痛"的结果。艺术家在写切身的情感时，都不能同时在这种情感中过活，必定把它加以客观化，必定由站在主位的尝受者退为站在客位的观赏者。一般人不能把切身的经验放在一种距离以外去看，所以情感尽管深刻，经验尽管丰富，终不能创造艺术。

"子非鱼,安知鱼之乐?"
——宇宙的人情化

庄子与惠子游于濠梁之上。

庄子曰:"鯈鱼出游从容,是鱼乐也!"
惠子曰:"子非鱼,安知鱼之乐?"
庄子曰:"子非我,安知我不知鱼之乐?"

这是《庄子·秋水》篇里的一段故事,是你平时所欢喜玩味的。我现在借这段故事来说明美感经验中的一个极有趣味的道理。

我们通常都有"以己度人"的脾气,因为有这个脾气,对于自己以外的人和物才能了解。严格地说,各个人都只能直接地了解他自己,都只能知道自己处某种境地,有某种知觉,生某种情感。至于知道旁人旁物处某种境地、有某种知觉、生某种情感时,则是凭自己的经验推测出来的。比如我知道自己在笑时心里欢喜,在哭时心里悲痛,看到旁人笑也就以为他心里欢喜,看见旁人哭也以为他心里悲痛。我知道旁人旁物的知觉和情感如何,都是拿自己的知觉

和情感来比拟的。我只知道自己,我知道旁人旁物时是把旁人旁物看成自己,或是把自己推到旁人旁物的地位。庄子看到鯈鱼"出游从容"便觉得它乐,因为他自己对于"出游从容"的滋味是有经验的。人与人,人与物,都有共同之点,所以他们都有互相感通之点。假如庄子不是鱼就无从知鱼之乐,每个人就要各成孤立世界,和其他人物都隔着一层密不通风的墙壁,人与人以及人与物之中便无心灵交通的可能了。

这种"推己及物""设身处地"的心理活动不尽是有意的,出于理智的,所以它往往发生幻觉。鱼没有反省的意识，是否能够像人一样"乐"，这种问题大概在庄子时代的动物心理学也还没有解决，而庄子硬拿"乐"字来形容鱼的心境，其实不过把他自己的"乐"的心境外射到鱼的身上罢了，他的话未必有科学的谨严与精确。我们知觉外物，常把自己所得的感觉外射到物的本身上去，把它误认为物所固有的属性，于是本来在我的就变成在物的了。比如我们说"花是红的"时，是把红看作花所固有的属性，好像是以为纵使没有人去知觉它，它也还是在那里。其实花本身只有使人觉到红的可能性，至于红却是视觉的结果。红是长度为若干的光波射到眼球网膜上所生的印象。如果光波长一点或是短一点，眼球网膜的构造换一个样子，红的色觉便不会发生。患色盲的人根本就不能辨别红色，就是眼睛健全的人在薄暮光线暗淡时也不能把红色和绿色分得清楚，从此可知严格地说，我们只能说"我觉得花是红的"。我们通常都把"我觉得"三字略去而直说"花是红的"，于是在我的感觉遂被误认为在物的属性了。日常对于外物的知觉都可作如是观。"天气冷"其实只是"我觉得天气冷"，鱼也许和我不一致；"石头太沉重"其实只是"我觉得它太沉重"，大力士或许还嫌它太轻。

云何尝能飞？泉何尝能跃？我们却常说云飞泉跃；山何尝能鸣？谷何尝能应？我们却常说山鸣谷应。在说云飞泉跃、山鸣谷应时，我们比说花红石头重，又更进一层了。原来我们只把在我的感觉误认为在物的属性，现在我们却把无生气的东西看成有生气的东西，把它们看作我们的侪辈，觉得它们也有性格，也有情感，也能活动。这两种说话的方法虽不同，道理却是一样，都是根据自己的经验来了解外物。这种心理活动通常叫做"移情作用"。

"移情作用"是把自己的情感移到外物身上去，仿佛觉得外物也有同样的情感。这是一个极普遍的经验。自己在欢喜时，大地山河都在扬眉带笑；自己在悲伤时，风云花鸟都在叹气凝愁。惜别时蜡烛可以垂泪，兴到时青山亦觉点头。柳絮有时"轻狂"，晚峰有时"清苦"。陶渊明何以爱菊呢？因为他在傲霜残枝中见出孤臣的劲节；林和靖何以爱梅呢？因为他在暗香疏影中见出隐者的高标。

从这几个实例看，我们可以看出移情作用是和美感经验有密切关系的。移情作用不一定就是美感经验，而美感经验却常含有移情作用。美感经验中的移情作用不单是由我及物的，同时也是由物及我的；它不仅把我的性格和情感移注于物，同时也把物的姿态吸收于我。所谓美感经验，其实不过是在聚精会神之中，我的情趣和物的情趣往复回流而已。

姑先说欣赏自然美。比如我在观赏一棵古松，我的心境是什么样状态呢？我的注意力完全集中在古松本身的形象上，我的意识之中除了古松的意象之外，一无所有。在这个时候，我的实用的意志和科学的思考都完全失其作用，我没有心思去分别我是我而古松是古松。古松的形象引起清风亮节的类似联想，我心中便隐约觉到清风亮节所常伴着的情感。因为我忘记古松和我是两件事，我就于无意之中把这种清风亮节的气概移置到古松上面去，仿佛古松原来就有这种性格。同时我又不知不觉地受古松的这种性格影响，自己也振作起来，模仿它那一副苍老劲拔的姿态。所以古松俨然变成一个人，人也俨然变成一棵古松。真正的美感经验都是如此，都要达到物我同一的境界，在物我同一的境界中，移情作用最容易发生，因为我们根本就不分辨所生的情感到底是属于我还是属于物的。

再说欣赏艺术美，比如说听音乐。我们常觉得某种乐调快活，某种乐调悲伤。乐调自身本来只有高低、长短、急缓、宏纤的分别，而不能有快乐和悲伤的分别。换句话说，乐调只能有物理而不能有人情。我们何以觉得这本来只有物理的东西居然有人情呢？这也是由于移情作用。这里的移情作用是如何起来的呢？音乐的命脉在节奏。节奏就是长短、高低、急缓、宏纤相继承的关系。这些关系前后不同，听者所费的心力和所用的心的活动也不一致。因此听者心中自起一种节奏和音乐的节奏相平行。听一曲高而缓的调子，心力也随之作一种高而缓的活动；听一曲低而急的调子，心力也随之作一种低而急的活动。这种高而缓或是低而急的心力活动，常蔓延浸润到全部心境，使它变成和高而缓的活动或是低而急的活动相同调，于是听者心中遂感觉一种欢欣鼓舞或是抑郁凄恻的情调。这种情调本来属于听者，在聚精会神之中，他把这种情调外射出去，于是音乐也就有快乐和悲伤的分别了。

再比如说书法。书法在中国向来自成艺术，和图画有同等的身份，近来才有人怀疑它是否可以列于艺术，这般人大概是看到西方艺术史中向来不留位置给书法，所以觉得中国人看重书法有些离奇。其实书法可列于艺术，是无可置疑的。他可以表现性格和情趣。颜鲁公的字就像颜鲁公，赵孟頫的字就像赵孟頫。所以字也可以说是抒情的，不但是抒情的，而且是可以引起移情作用的。横直钩点等等笔画原来是墨涂的痕迹，它们不是高人雅士，原来没有什么"骨力""姿态""神韵"和"气魄"。但是在名家书法中我们常觉到"骨力""姿态""神韵"和"气魄"。我们说柳公权的字"劲拔",赵孟𫖯的字"秀媚",这都是把墨涂的痕迹看作有生气有性格的东西,都是把字在心中所引起的意象移到字的本身上面去。

移情作用往往带有无意的模仿。我在看颜鲁公的字时,仿佛对着巍峨的高峰,不知不觉地耸肩聚眉,全身的筋肉都紧张起来,模仿它的严肃;我在看赵孟𫖯的字时,仿佛对着临风荡漾的柳条,不知不觉地展颐摆腰,全身的筋肉都松懈起来,模仿它的秀媚。从心理学看,这本来不是奇事。凡是观念都有实现于运动的倾向。念到跳舞时脚往往不自主地跳动,念到"山"字时口舌往往不由自主地说出"山"字。通常观念往往不能实现于动作者,由于同时有反对的观念阻止它。同时念到打球又念到泅水,则既不能打球,又不能泅水。如果心中只有一个观念,没有旁的观念和它对敌,则它常自动地现于运动。聚精会神看赛跑时,自己也往往不知不觉地弯起胳膊动起脚来,便是一个好例。在美感经验之中,注意力都是集中在一个意象上面,所以极容易起模仿的运动。

移情的现象可以称之为"宇宙的人情化",因为有移情作用然后本来只有物理的东西可具人情,本来无生气的东西可有生气。从理智观点看,移情作用是一种错觉,是一种迷信。但是如果把它勾销,不但艺术无由产生,即宗教也无由出现。艺术和宗教都是把宇宙加以生气化和人情化,把人和物的距离以及人和神的距离都缩小。它们都带有若干神秘主义的色彩。所谓神秘主义其实并没有什么神秘,不过是在寻常事物之中见出不寻常的意义。这仍然是移情作用。

从一草一木之中见出生气和人情以至于极玄奥的泛神主义，深浅程度虽有不同，道理却是一样。

美感经验既是人的情趣和物的姿态的往复回流，我们可以从这个前提中抽出两个结论来：

一、物的形象是人的情趣的返照。物的意蕴深浅和人的性分密切相关。深人所见于物者亦深，浅人所见于物者亦浅。比如一朵含露的花，在这个人看来只是一朵平常的花，在那个人看或以为它含泪凝愁，在另一个人看或以为它能象征人生和宇宙的妙谛。一朵花如此，一切事物也是如此。因我把自己的意蕴和情趣移于物，物才能呈现我所见到的形象。我们可以说，各人的世界都由各人的自我伸张而成。欣赏中都含有几分创造性。

二、人不但移情于物，还要吸收物的姿态于自我，还要不知不觉地模仿物的形象。所以美感经验的直接目的虽不在陶冶性情，而却有陶冶性情的功效。心里印着美的意象，常受美的意象浸润，自然也可以少存些浊念。苏东坡诗说："宁可食无肉，不可居无竹；无肉令人瘦，无竹令人俗。"竹不过是美的形象之一种，一切美的事物都有不令人俗的功效。

一切美的事物都有不令人俗的功效。

希腊女神的雕像和血色鲜丽的英国姑娘
——美感与快感

我在以上文章所说的话都是回答"美感是什么"这个问题。我们说过,美感起于形象的直觉。它有两个要素:

一、目前意象和实际人生之中有一种适当的距离。我们只观赏这种孤立绝缘的意象,一不问它和其他事物的关系如何,二不问它对于人的效用如何。思考和欲念都暂时失其作用。

二、在观赏这种意象时,我们处于聚精会神以至于物我两忘的境界,所以于无意之中以我的情趣移注于物,以物的姿态移注于我。这是一种极自由的(因为是不受实用目的牵绊的)活动,说它是欣赏也可,说它是创造也可,美就是这种活动的产品,不是天生现成的。

这是我们的立脚点。在这个立脚点上站稳,我们可以打倒许多关于美感的误解。在以下两三章里我要说明美感不是许多人所想象的那么一回事。

我们第一步先打倒享乐主义的美学。

"美"字是不要本钱的,喝一杯滋味好的酒,你称赞它"美",看见一朵颜色很鲜明的花,你称赞它"美",碰见一位年轻姑娘,你称赞她"美"，读一首诗或是看一座雕像，你也还是称赞它"美"。这些经验显然不尽是一致的。究竟怎样才算"美"呢？一般人虽然不知道什么叫做"美"，但是都知道什么样就是愉快。拿一幅画给一个小孩子或是未受艺术教育的人看，征求他的意见，他总是说"很好看"。如果追问他"它何以好看？"他不外是回答说："我欢喜看它，看了它就觉得很愉快。"通常人所谓"美"大半就是指"好看"，指"愉快"。

不仅普通人如此，许多声名煊赫的文艺批评家也把美感和快感混为一件事。英国十九世纪有一位学者叫做罗斯金，他著过几十册书谈建筑和图画，就曾经很坦白地告诉人说："我从来没有看见过一座希腊女神雕像，有一位血色鲜丽的英国姑娘的一半美。"从愉快的标准看，血色鲜丽的姑娘引诱力自然是比女神雕像的大；但是你觉得一位姑娘"美"和你觉得一座女神雕像"美"时是否相同呢？《红楼梦》里的刘姥姥想来不一定有什么风韵，虽然不能邀罗斯金的青眼，在艺术上却仍不失其为美。一个很漂亮的姑娘同时做许多画家的"模特儿"，可是她的画像在一百张之中不一定有一张比得上伦勃朗（荷兰人物画家）的"老太婆"。英国姑娘的"美"和希腊女神雕像的"美"显然是两件事，一个是只能引起快感的，一个是只能引起美感的。罗斯金的错误在把英国姑娘的引诱性做"美"的标准，去测量艺术作品。艺术是另一世界里的东西，对于实际人生没有引诱性，所以他以为比不上血色鲜丽的英国姑娘。

美感和快感究竟有什么分别呢？有些人见到快感不尽是美感，替它们勉强定一个分别来，却又往往不符事实。英国有一派主张"享乐主义"的美学家就是如此。他们所见到的分别彼此又不一致。有人说耳、目是"高等感官",其余鼻、舌、皮肤、筋肉等等都是"低等感官",只有"高等感官"可以尝到美感而"低等感官"则只能尝到快感。有人说引起美感的东西可以同时引起许多人的美感,引起快感的东西则对于这个人引起快感,对于那个人或引起不快感。美感有普遍性,快感没有普遍性。这些学说在历史上都发生过影响,如果分析起来,都是一钱不值。拿什么标准说耳、目是"高等感官"?耳、目得来的有些是美感,有些也只是快感,我们如何去分别?"客去茶香余舌本""冰肌玉骨,自清凉无汗"等名句是否与"低等感官"

不能得美感之说相容？至于普遍不普遍的话更不足为凭。口腹有同嗜而艺术趣味却往往随人而异。陈年花雕是吃酒的人大半都称赞它美的，一般人却不能欣赏后期印象派的图画。我曾经听过一位很时髦的英国老太婆说道："我从来没有见过比金字塔再拙劣的东西。"

从我们的立脚点看，美感和快感是很容易分别的。美感与实用活动无关，而快感则起于实际要求的满足。口渴时要喝水，喝了水就得到快感；腹饥时要吃饭，吃了饭也就得到快感。喝美酒所得的快感由于味感得到所需要的刺激，和饱食暖衣的快感同为实用的，并不是起于"无所为而为"的形象的观赏。至于看血色鲜丽的姑娘，可以生美感也可以不生美感。如果你觉得她是可爱的，给你做妻子你还不讨厌她，你所谓"美"就只是指合于满足性欲需要的条件，"美人"就只是指对于异性有引诱力的女子。如果你见了她不起性欲的冲动，只把她当作线纹匀称的形象看，那就和欣赏雕像或画像一样了。美感的态度不带意志，所以不带占有欲。在实际上性欲本能是一种最强烈的本能，看见血色鲜丽的姑娘而能"心如古井"地不动，只一味欣赏曲线美，是一般人所难能的。所以就美感说，罗斯金所称赞的血色鲜丽的英国姑娘对于实际人生距离太近，不一定比希腊女神雕像的价值高。

谈到这里，我们可以顺便地说一说弗洛伊德派心理学在文艺上的应用。大家都知道，弗洛伊德把文艺认为是性欲的表现。性欲是最原始最强烈的本能，在文明社会里，它受道德、法律种种社会的牵制，不能得充分的满足，于是被压抑到"隐意识"里去成为"情意综"。但是这种被压抑的欲望还是要偷空子化装求满足。文艺和梦一样，都是带着假面具逃开意识检察的欲望。举一个例来说。男子通常都特别爱母亲，女子通常都特别爱父亲。依弗洛伊德看，这就是性爱。这种性爱是反乎道德法律的，所以被压抑下去，在男子则成"俄狄浦斯情意综"，在女子则成"厄勒克特拉情意综"。这两个奇怪的名词是怎样讲呢？俄狄浦斯原来是古希腊的一个王子，曾于无意中弑父娶母，所以他可以象征子对于母的性爱，厄勒克特拉是古希腊的一个公主。她的母亲爱了一个男子把丈夫杀了，她怂恿她的兄弟把母亲杀了，替父亲报仇，所以她可以象征女对于父的性爱。在许多民族的神话里面，伟大的人物都有母而无父，耶稣和孔子就是著例，耶稣是上帝授胎的，孔子之母祷于尼丘而生孔子。在弗洛伊德派学者看，这都是"俄狄浦斯情意综"的表现。许多文艺作品都可以用这种眼光来看，都是被压抑的性欲因化装而得满足。

  依这番话看，弗洛伊德的文艺观还是要纳到享乐主义里去，他自己就常欢喜用"快感原则"这个名词。在我们看，他的毛病也在把快感和美感混淆，把艺术的需要和实际人生的需要混淆。美感经验的特点在"无所为而为"地观赏形象。在创造或欣赏的一刹那中，我们不能仍然在所表现的情感里过活，一定要站在客位把这种情感当一幅意象去观赏。如果作者写性爱小说，读者看性爱小说，都是为着满足自己的性欲，那就无异于为着饥而吃饭，为着冷而穿衣，只是实用的活动而不是美感的活动了。文艺的内容尽管有关性欲，可是我们在创造或欣赏时却不能同时受性欲冲动的驱遣，须站在客位把它当作形象看。世间自然也有许多人欢喜看淫秽的小说去刺激性欲或是满足性欲，但是他们所得的并不是美感。弗洛伊德派的学者的错处不在主张文艺常是满足性欲的工具，而在把这种满足认为美感。

美感经验是直觉的而不是反省的。在聚精会神之中我们既忘去自我，自然不能觉得我是否欢喜所观赏的形象，或是反省这形象所引起的是不是快感。我们对于一件艺术作品欣赏的浓度愈大，就愈不觉得自己是在欣赏它，愈不觉得所生的感觉是愉快的。如果自己觉得快感，我便是由直觉变而为反省，好比提灯寻影，灯到影灭，美感的态度便已失去了。美感所伴的快感，在当时都不觉得，到过后才回忆起来。比如读一首诗或是看一幕戏，当时我们只是心领神会，无暇他及，后来回想，才觉得这一番经验很愉快。

这个道理一经说破，本来很容易了解。但是许多人因为不明白这个很浅显的道理，遂走上迷路。近来德国和美国有许多研究"实验美学"的人就是如此。他们拿一些颜色、线形或是音调来请受验者比较，问他们欢喜哪一种，讨厌哪一种，然后作出统计来，说某种颜色是最美的，某种线形是最丑的。独立的颜色和画中的颜色本来不可相提并论。在艺术上部分之和并不等于全体，而且最易引起快感的东西也不一定就美。他们的错误是很显然的。

"记得绿罗裙，处处怜芳草"
——美感与联想

美感与快感之外，还有一个更易惹误解的纠纷问题，就是美感与联想。

什么叫做联想呢？联想就是见到甲而想到乙。甲唤起乙的联想通常不外起于两种原因：或是甲和乙在性质上相类似，例如看到春光想起少年，看到菊花想到节士；或是甲和乙在经验上曾相接近，例如看到扇子想起萤火虫，走到赤壁想起曹孟德或苏东坡。类似联想和接近联想有时混在一起，牛希济的"记得绿罗裙，处处怜芳草"两句词就是好例。词中主人何以"记得绿罗裙"呢？因为罗裙和他的欢爱者相接近；他何以"处处怜芳草"呢？因为芳草和罗裙的颜色相类似。

意识在活动时就是联想在进行，所以我们差不多时时刻刻都在起联想。听到声音知道说话的是谁，见到一个词知道它的意义，都是起于联想作用。联想是以旧经验诠释新经验，如果没有它，知觉、记忆和想象都不能发生，因为它们都得根据过去的经验。从此可知联想为用之广。

联想有时可用意志控制，作文构思时或追忆一时记不起的过去经验时，都是勉强把联想挤到一条路上去走。但是在大多数情境之中，联想是自由的，无意的，飘忽不定的。听课读书时本想专心，而打球、散步、吃饭、邻家的猫儿种种意象总是不由你自主地闯进脑里来，失眠时越怕胡思乱想，越禁止不住胡思乱想。这种自由联想好比水流湿，火就燥，稍有勾搭，即被牵绊，未登九天，已入黄泉。比如我现在从"火"字出发，就想到红、石榴、家里的天井、浮山、雷鲤的诗、鲤鱼、孔夫子的儿子，等等，这个联想线索前后相承，虽有关系可寻，但是这些关系都是偶然的。我的"火"字的联想线索如此，换一个人或是我自己在另一时境，"火"字的联想线索却另是一样。从此可知联想的散漫飘忽。

联想的性质如此。多数人觉得一件事物美时，都是因为它能唤起甜美的联想。

在"记得绿罗裙，处处怜芳草"的人看，芳草是很美的。颜色心理学中有许多同类的事实。许多人对于颜色都有所偏好，有人偏好红色，有人偏好青色，有人偏好白色。据一派心理学家说，这都是由于联想作用。例如红是火的颜色，所以看到红色可以使人觉得温暖；青是田园草木的颜色，所以看到青色可以使人想到乡村生活的安闲。许多小孩子和乡下人看画，都只是欢喜它的花红柳绿的颜色。有些人看画，欢喜它里面的故事，乡下人欢喜把孟姜女、薛仁贵、桃园三结义的图糊在壁上做装饰，并不是因为那些木板雕刻的图好看，是因为它们可以提起许多有趣故事的联想。这种脾气并不只是乡下人才有。我每次陪朋友们到画馆里去看画，见到他们所特别注意的第一是几张有声名的画，第二是有历史性的作品如耶稣临刑图、拿破仑结婚图之类，像伦勃朗所画的老太公、老太婆，和后期印象派的山水风景之类的作品，他们却不屑一顾。此外又有些人看画（和看一切其他艺术作品一样），偏重它所含的道德教训。道学先生看到裸体雕像或画像，都不免起若干嫌恶。记得詹姆士在他的某一部书里说过有一次见过一位老修道妇，站在一幅耶稣临刑图面前合掌仰视，悠然神往。旁边人问她那幅画何如，她回答说："美极了，你看上帝是多么仁慈，让自己的儿子去牺牲，来赎人类的罪孽！"

在音乐方面，联想的势力更大。多数人在听音乐时，除了联想到许多美丽的意象之外，便别无所得。他们欢喜这个调子，因为它使他们想起清风明月；不欢喜那个调子，因为它唤醒他们以往的悲痛的记忆。钟子期何以负知音的雅名？因他听伯牙弹琴时，惊叹说："善哉！峨峨兮若泰山，洋洋兮若江河。"李颀在胡笳声中听到什么？他听到的是"空山百鸟散还合，万里浮云阴且晴。"白乐天在琵琶声中听到什么？他听到的是"银瓶乍破水浆迸，铁骑突出刀枪鸣。"苏东坡怎样形容洞箫？他说："其声呜呜然，如怨如慕，如泣如诉。余音袅袅，不绝如缕。舞幽壑之潜蛟，泣孤舟之嫠妇。"这些数不尽的例子都可以证明多数人欣赏音乐，都是欣赏它所唤起的联想。

联想所伴的快感是不是美感呢？

历来学者对于这个问题可分两派，一派的答案是肯定的，一派的答案是否定的。这个争辩就是在文艺思潮史中闹得很凶的形式和内容的争辩。依内容派说，文艺是表现情思的，所以文艺的价值要看它的情思内容如何而决定。第一流文艺作品都必有高深的思想和真挚的情感。这句话本来是不可辩驳的。但是侧重内容的人往往从

这个基本原理抽出两个其他的结论，第一个结论是题材的重要。所谓题材就是情节。他们以为有些情节能唤起美丽堂皇的联想，有些情节只能唤起丑陋凡庸的联想。比如做史诗和悲剧，只应采取英雄为主角，不应采取愚夫愚妇。第二个结论就是文艺应含有道德的教训。读者所生的联想既随作品内容为转移，则作者应设法把读者引到正经路上去，不要用淫秽卑鄙的情节摇动他的邪思。这些学说发源较早，它们的影响到现在还是很大。从前人所谓"思无邪""言之有物""文以载道",现在人所谓"哲理诗""宗教艺术""革命文学"等等,都是侧重文艺的内容和文艺的无关美感的功效。

这种主张在近代颇受形式派的攻击,形式派的标语是"为艺术而艺术"。他们说,两个画家同用一个模特儿,所成的画价值有高低;两个文学家同用一个故事,所成的诗文意蕴有深浅。许多大学问家、大道德家都没有成为艺术家,许多艺术家并不是大学问家、大道德家。从此可知艺术之所以为艺术,不在内容而在形式。如果你不是艺术家,纵有极好的内容,也不能产生好作品出来;反之,如果你是艺术家,极平庸的东西经过灵心妙运点铁成金之后,也可以成为极好的作品。印象派大师如莫奈、梵·高诸人不是往往在一张椅子或是几间破屋之中表现一个情深意永的世界出来么?这一派学说到近代才逐渐占势力。在文学方面的浪漫主义,在图画方面的印象主义,尤其是后期印象主义,在音乐方面的形式主义,都是看轻内容的。单拿图画来说,一般人看画,都先问里面画的是什么,是怎样的人物或是怎样的故事。这些东西在术语上叫做"表意的成分"。近代有许多画家就根本反对画中有任何"表意的成分"。看到一幅画,他们只注意它的颜色、线纹和阴影,不问它里面有什么意义或是什么故事。假如你看到这派的作品,你起初只望见许多颜色凑合在一起,须费过一番审视和猜度,才知道所画的是房子或是崖石。这一派人是最反对杂联想于美感的。

这两派的学说都持之有故,言之成理,我们究竟何去何从呢?我们否认艺术的内容和形式可以分开来讲(这个道理以后还要谈到），不过关于美感与联想这个问题，我们赞成形式派的主张。

就广义说，联想是知觉和想象的基础，艺术不能离开知觉和想象，就不能离开联想。但是我们通常所谓联想，是指由甲而乙，由乙而丙，辗转不止的乱想。就这个普通的意义说，联想是妨碍美感的。美感起于直觉，不带思考，联想却不免带有思考。在美感经验中我们聚精会神于一个孤立绝缘的意象上面，联想则最易使精神涣散，注意力不专一，使心思由美感的意象旁迁到许多无关美感的事物上面去。在审美时我看到芳草就一心一意地领略芳草的情趣；在联想时我看到芳草就想到罗裙，又想到穿罗裙的美人，既想到穿罗裙的美人，心思就已不复在芳草了。

联想大半是偶然的。比如说，一幅画的内容是"西湖秋月"，如果观者不聚精会神于画的本身而信任联想，则甲可以联想到雷峰塔，乙可以联想到往日同游西湖的美人，这些联想纵然有时能提高观者对于这幅画的好感，画本身的美却未必因此而增加，而画所引起的美感则反因精神涣散而减少。

知道这番道理，我们就可以知道许多通常被认为美感的经验其实并非美感了。假如你是武昌人，你也许特别欢喜崔颢的《黄鹤楼》诗；假如你是陶渊明的后裔，你也许特别欢喜《陶渊明集》；假如你是道德家，你也许特别欢喜《打鼓骂曹》的戏或是韩退之的《原道》；假如你是古董贩，你也许特别欢喜河南新出土的龟甲文或是敦煌石窟里面的壁画；假如你知道达·芬奇的声名大，你也许特别欢喜他的《蒙娜丽莎》。这都是自然的倾向，但是这都不是美感，都是持实际人的态度，在艺术本身以外求它的价值。

"灵魂在杰作中的冒险"
——考证、批评与欣赏

把快感认为美感,把联想认为美感,是一般人的误解,此外还有一种误解是学者们所特有的,就是把考证和批评认为欣赏。

在这里我不妨稍说说自己的经验。我自幼就很爱好文学。在我所谓"爱好文学",就是欢喜哼哼有趣味的诗词和文章。后来到外国大学读书,就顺本来的偏好,决定研究文学。在我当初所谓"研究文学",原来不过是多哼哼有趣味的诗词和文章。我以为那些外国大学的名教授可以告诉我哪些作品有趣味,并且向我解释它们何以有趣味的道理。我当时隐隐约约地觉得这门学问叫做"文学批评",所以在大学里就偏重"文学批评"方面的功课。哪知道我费过五六年的工夫,所领教的几乎完全不是我原来所想望的。

比如拿莎士比亚这门功课来说,教授在讲堂上讲些什么呢?现在英国的学者最重"版本的批评"。他们整年地讲莎士比亚的某部剧本在某一年印第一次"四折本",某一年印第一次"对折本","四折本"和"对折本"有几次翻印,某一个字在第一次"四折本"怎样写,后来在"对折本"里又改成什么样,某一段在某版本里为阙文,

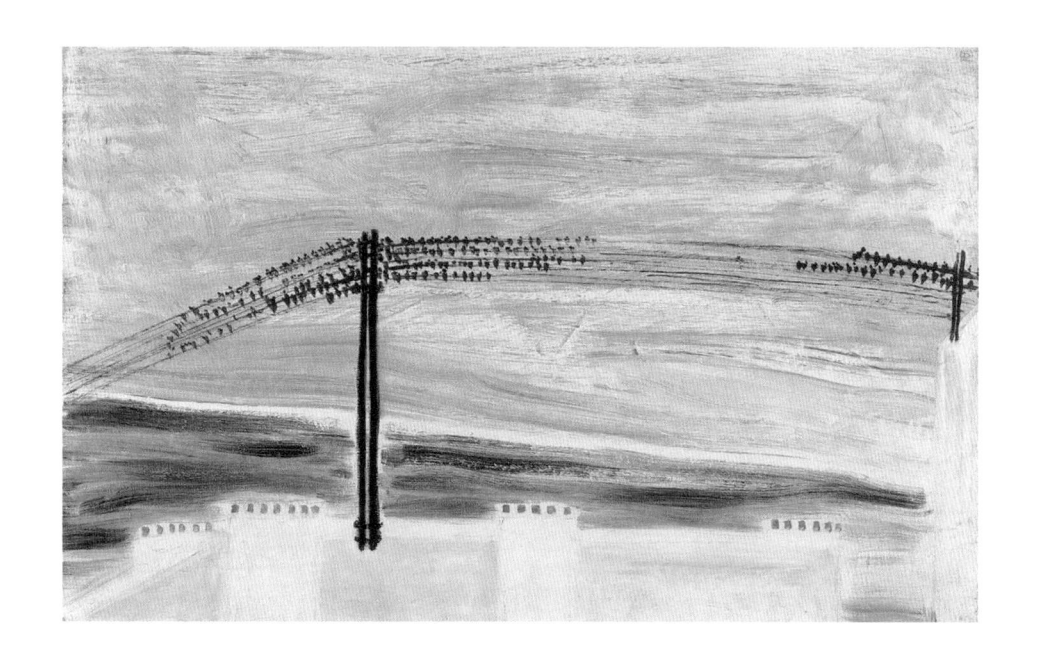

某一个字是后来某个编辑者校改的。在我只略举几点已经就够使你看得不耐烦了，试想他们费毕生的精力做这种勾当！

自然他们不仅讲这一样，他们也很重视"来源"的研究。研究"来源"的问些什么问题呢？莎士比亚大概读过些什么书？他是否懂得希腊文？他的《哈姆雷特》一部戏是根据哪些书？这些书他读时是用原文还是用译本？他的剧中情节和史实有哪几点不符？为了要解决这些问题，学者们个个在埋头于灰封虫咬的向来没有人过问的旧书堆中，寻求他们的所谓"证据"。

此外他们也很重视"作者的生平"。莎士比亚生前操什么职业？几岁到伦敦当戏子？他少年偷鹿的谣传是否确实？他的十四行诗里所说的"黑姑娘"究竟是谁？"哈姆雷特"是否是莎士比亚现身说法？当时伦敦有几家戏院？他和这些戏院和同行戏子的关系如何？他死时的遗嘱能否见出他和他的妻子的情感？为了这些问题，学者跑到法庭里翻几百年前的文案，跑到官书局里查几百年前的书籍登记簿，甚至于跑到几座古老的学校去看看墙壁上和板凳上有没有或许是莎士比亚画的简笔姓名。他们如果寻到片纸只字，就以为是至宝。

这三种功夫合在一块讲，就是中国人所说的"考据学"。我的讲莎士比亚的教师除了这种考据学以外，自己不做其他的功夫，对于我们学生们也只讲他所研究的那一套，至于剧本本身，他只让我们凭我们自己的能力去读，能欣赏也好，不能欣赏也好，他是不过问的，像他这一类的学者在中国向来就很多，近来似乎更时髦。许多人是把"研究文学"和"整理国故"当作一回事。从美学观点来说，我们对于这种考据的工作应该发生何种感想呢？

考据所得的是历史的知识。历史的知识可以帮助欣赏却不是欣赏本身。欣赏之前要有了解。了解是欣赏的预备，欣赏是了解的成熟。只就欣赏说，版本、来源以及作者的生平都是题外事，因为美感经验全在欣赏形象本身，注意到这些问题，就是离开形象本身。但是就了解说，这些历史的知识却非常重要。例如要了解曹子建的《洛神赋》，就不能不知道他和甄后的关系；要欣赏陶渊明的《饮酒》诗，就不能不先考定原本中到底是"悠然望南山"还是"悠然见南山"。

了解和欣赏是互相补充的。未了解决不足以言欣赏，所以考据学是基本的功夫。但是只了解而不能欣赏，则只是做到史学的功夫，却没有走进文艺的领域。一般富于考据癖的学者通常都不免犯两种错误。第一种错误就是穿凿附会。他们以为作者一字一画都有来历，于是拉史实来附会它。他们不知道艺术是创造的，虽然可以受史实的影响，却不必完全受史实的支配。《红楼梦》一部书有多少"考证"和"索隐"？它的主人究竟是纳兰成德，是清朝某个皇帝，还是曹雪芹自己？"红学"家大半都忘记艺术生于创造的想象，不必实有其事。考据家的第二种错误在因考据而忘欣赏。他们既然把作品的史实考证出来之后，便以为能事已尽。而不进一步去玩味玩味。他们好比食品化学专家，把一席菜的来源、成分以及烹调方法研究得有条有理之后，便袖手旁观，不肯染指。就我个人说呢，我是一个饕餮汉，对于这般考据家的苦心孤诣虽是十二分的敬佩和感激，我自己却不肯学他们那样"斯文"，我以为最要紧的事还是伸箸把菜取到口里来咀嚼，领略领略它的滋味。

在考据学者们自己看，考据就是一种批评。但是一般人所谓批评，意义实不仅如此。所以我当初想望研究文学批评，而教师却只对我讲版本来源种种问题，我很惊讶，很失望。普通意义的批评究竟是什么呢？这也并没有定准，向来批评学者有派别的不同，所认识的批评的意义也不一致。我们把他们区分起来，可以得四大类。

第一类批评学者自居"导师"的地位。他们对于各种艺术先抱有一种理想而自己却无能力把它实现于创作，于是拿这个理想来期望旁人。他们欢喜向创作家发号施令，说小说应该怎样做，说诗要用音韵或是不要用音韵，说悲剧应该用伟大人物的材料，说文艺要含有道德的教训，如此等类的教条不一而足。他们以为创作家只要遵守这些教条，就可以做出好作品来。坊间所流行的《诗学法程》《小说作法》《作文法》等等书籍的作者都属于这一类。

第二类批评学者自居"法官"地位。"法官"要有"法",所谓"法"便是"纪律"。这班人心中预存几条纪律,然后以这些纪律来衡量一切作品,和它们相符合的就是美,违背它们的就是丑。这种"法官"式的批评家和上文所说的"导师"式的批评家常合在一起。他们最好的代表是欧洲假古典主义的批评家。"古典"是指古希腊和罗马的名著,"古典主义"就是这些名著所表现的特殊风格,"假古典主义"就是要把这种特殊风格定为"纪律"让创作家来模仿。处"导师"的地位,这派批评家向创作家发号施令说:"从古人的作品中我们抽绎出这几条纪律,你要谨遵无违,才有成功的希望!"处"法官"的地位,他们向创作家下批语说:"亚里士多德明明说过坏人不能做悲剧主角,你莎士比亚何以要用一个杀皇帝的麦克白?做诗用字忌俚俗,你在麦克白的独白中用'刀'字,刀是屠户和厨夫的用具,拿来杀皇帝,岂不太损尊严,不合纪律?"("刀"字的批评出诸约翰逊,不是我的杜撰)这种批评的价值是很小的。文艺是创造的,谁能拿死纪律来范围活作品?谁读《诗歌作法》如法炮制而做成好诗歌?

第三类批评学者自居"舌人"的地位。"舌人"的功用在把外乡话翻译为本地话,叫人能够懂得。站在"舌人"的地位的批评家说:"我不敢发号施令,我也不敢判断是非,我只把作者的性格、时代和环境以及作品的意义解剖出来,让欣赏者看到易于明了。"这一类批评家又可细分为两种。一种如法国的圣伯夫,以自然科学的方法去研究作者的心理,看他的作品与个性、时代和环境有什么关系。

一种为注疏家和上文所说的考据家，专以追溯来源、考订字句和解释意义为职务。这两种批评家的功用在帮助了解，他们的价值我们在上文已经说过。

第四类就是近代在法国闹得很久的印象主义的批评。属于这类的学者所居的地位可以说是"饕餮者"的地位。"饕餮者"只贪美味，尝到美味便把它的印象描写出来。他们的领袖是法朗士，他曾经说过："依我看来，批评和哲学与历史一样，只是一种给深思好奇者看的小说；一切小说，精密地说起来，都是一种自传。凡是真批评家都只叙述他的灵魂在杰作中的冒险。"这是印象派批评家的信条。他们反对"法官"式的批评，因为"法官"式的批评相信美丑有普遍的标准，印象派则主张各人应以自己的嗜好为标准，我自己觉得一个作品好就说它好，否则它虽然是人人所公认为杰作的《荷马史诗》，我也只把它和许多我所不欢喜的无名小卒一样看待。他们也反对"舌人"式的批评，因为"舌人"式的批评是科学的、客观的，印象派则以为批评应该是艺术的、主观的，它不应像餐馆的使女只捧菜给人吃，应该亲自尝菜的味道。

一般讨论读书方法的书籍往往劝读者持"批评的态度"。这所谓"批评"究竟取哪一个意义呢？它大半是指"判断是非"。所谓持"批评的态度"去读书，就是说不要"尽信书"，要自己去分判书中何者为真，何者为伪，何者为美，何者为丑。这其实就是"法官"式的批评。这种"批评的态度"和"欣赏的态度"（就是美感的态度）是相反的。批评的态度是冷静的，不杂情感的，其实就是我们在开头时所说的"科学的态度"；欣赏的态度则注重我的情感和物的姿态的交流。批评的态度须用反省的理解，欣赏的态度则全凭直觉。批评的态度预存有一种美丑的标准，把我放在作品之外去评判它的美丑；欣赏的态度则忌杂有任何成见，把我放在作品里面去分享它的生命。遇到文艺作品如果始终持批评的态度，则我是我而作品是作品，我不能沉醉在作品里面，永远得不到真正的美感的经验。

印象派的批评可以说就是"欣赏的批评"。就我个人说，我是倾向这一派的，不过我也明白它的缺点。印象派往往把快感误认为美感。在文艺方面，各人的趣味本来有高低。比如看一幅画，"内行"有"内行"的印象，"外行"有"外行"的印象，这两种印象的价值是否相同呢？我小时候欢喜读《花月痕》和《东莱博议》一类的东西，现在回想起来不禁赧颜，究竟是我从前对还是现在对呢？文艺虽无普遍的纪律，而美丑的好恶却有一个道理。遇见一个作品，我们只说"我觉得它好"还不够，我们还应说出我何以觉得它好的道理。说出道理就是一般人所谓批评的态度了。

总而言之，考据不是欣赏，批评也不是欣赏，但是欣赏却不可无考据与批评。从前老先生们太看重考据和批评的功夫，现在一般青年又太不肯做脚踏实地的功夫，以为有文艺的嗜好就可以谈文艺，这都是很大的错误。

所谓美感经验,
其实不过是在聚精会神之中,
我的情趣和物的情趣往复回流而已。

"情人眼底出西施"
—— 美与自然

我们关于美感的讨论,到这里可以告一段落了,现在最好把上文所说的话回顾一番,看我们已经占住了多少领土。美感是什么呢?从积极方面说,我们已经明白美感起于形象的直觉,而这种形象是孤立自足的,和实际人生有一种距离;我们已经见出美感经验中我和物的关系,知道我的情趣和物的姿态交感共鸣,才见出美的形象。从消极方面说,我们已经明白美感一不带意志欲念,有异于实用态度,二不带抽象思考,有异于科学态度;我们已经知道一般人把寻常快感、联想以及考据与批评认为美感的经验是一种大误解。

美生于美感经验,我们既然明白美感经验的性质,就可以进一步讨论美的本身了。

什么叫做美呢?

在一般人看,美是物所固有的。有些人物生来就美,有些人物生来就丑。比如称赞一个美人,你说她像一朵鲜花,像一颗明星,像一只轻燕,你决不说她像一个布袋,像一头犀牛或是像一只癞蛤蟆。这就分明承认鲜花、明星和轻燕一类事物原来是美的,布袋、犀牛和癞蛤蟆一类事物原来是丑的。说美人是美的，也犹如说她是高是矮是肥是瘦一样，她的高矮肥瘦是她的星宿定的，是她从娘胎带来的，她的美也是如此，和你看者无关。这种见解并不限于一般人，许多哲学家和科学家也是如此想。所以他们费许多心力去实验最美的颜色是红色还是蓝色，最美的形体是曲线还是直线，最美的音调是 G 调还是 F 调。

但是这种普遍的见解显然有很大的难点，如果美本来是物的属性，则凡是长眼睛的人们应该都可以看到，应该都承认它美，好比一个人的高矮，有尺可量，是高大家就要都说高，是矮大家就要都说矮。但是美的估定就没有一个公认的标准。假如你说一个人美，我说她不美，你用什么方法可以说服我呢？有些人欢喜辛稼轩而讨厌温飞卿，有些人欢喜温飞卿而讨厌辛稼轩，这究竟谁是谁非呢？同是一个对象，有人说美，有人说丑，从此可知美本在物之说有些不妥了。

因此，有一派哲学家说美是心的产品。美如何是心的产品，他们的说法却不一致。康德以为美感判断是主观的而却有普遍性，因为人心的构造彼此相同。黑格尔以为美是在个别事物上见出"概念"或理想。比如你觉得峨嵋山美，由于它表现"庄严""厚重"的概念。你觉得《孔雀东南飞》美，由于它表现"爱"与"孝"两种理想的冲突。托尔斯泰以为美的事物都含有宗教和道德的教训。此外还有许多其他的说法。说法既不一致，就只有都是错误的可能而没有都是不错的可能，好比一个数学题生出许多不同的答数一样。大约哲学家们都犯过信理智的毛病，艺术的欣赏大半是情感的而不是理智的。在觉得一件事物美时，我们纯凭直觉，并不是在下判断，如康德所说的；也不是在从个别事物中见出普遍原理，如黑格尔、托尔斯泰一般人所说的；因为这些都是科学的或实用的活动，而美感并不是科学的或实用的活动。还不仅此，美虽不完全在物却亦非与物无关。你看到峨嵋山才觉得庄严、厚重，看到一个小土墩却不能觉得庄严、厚重。从此可知物须先有使人觉得美的可能性，人不能完全凭心灵创造出美来。

依我们看，美不完全在外物，也不完全在人心，它是心物婚媾后所产生的婴儿。美感起于形象的直觉。形象属物而却不完全属于物，因为无我即无由见出形象；直觉属我却又不完全属于我，因为无物则直觉无从活动。美之中要有人情也要有物理，二者缺一都不能见出美。再拿欣赏古松的例子来说，松的苍翠劲直是物理，松的清风亮节是人情。从"我"的方面说，古松的形象并非天生自在的，同是一棵古松，千万人所见到的形象就有千万不同，所以每个形象都是每个人凭着人情创造出来的，每个人所见到的古松的形象就是每个人所创造的艺术品，它有艺术品通常所具的个性，它能表现各个人的性分和情趣。从"物"的方面说，创造都要有创造者和所创造物，所创造物并非从无中生有，也要有若干材料，这材料也要有创造成美的可能性。松所生的意象和柳所生的意象不同，和癞蛤蟆所生的意象更不同。所以松的形象这一个艺术品的成功，一半是我的贡献，一半是松的贡献。

这里我们要进一步研究我与物如何相关了。何以有些事物使我觉得美，有些事物使我觉得丑呢？我们最好用一个浅例来说明这个道理。比如我们看下列六条垂直线，往往把它们看成三个柱子，觉得这三个柱子所围的空间（即 A 与 B、C 与 D 和 E 与 F 所围的空间）离我们较近，而 B 与 C 以及 D 与 E 所围的空间则看成背景，离我们较远。还不仅此。我们把这六条垂直线摆在一块看，它们仿佛自成一个谐和的整体；至于 G 与 H 两条没有规律的线则仿佛是这整体以外的东西，如果勉强把它搭上前面的六条线一块看，就觉得它不和谐。

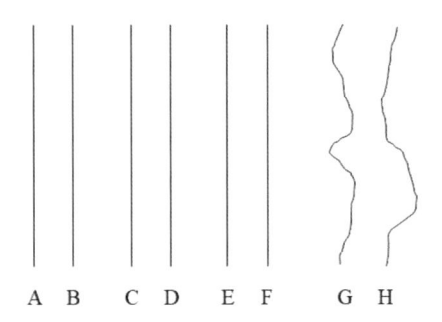

（1）A 与 B、C 与 D、E 与 F 距离都相等。

（2）B 与 C、D 与 E 距离相等，略大于 A 与 B 的距离。

（3）F 与 C 的距离较 B 与 C 的距离大。

（4）A、B、C、D、E、F 为六条平行垂直线，G 与 H 为两条没有规律的线。

从这个有趣的事实，我们可以看出两个很重要的道理：

一、最简单的形象的直觉都带有创造性。把六条垂直线看成三个柱子，就是直觉到一种形象。它们本来同是垂直线，我们把 A 和

B选在一块看，却不把B和C选在一块看；同是直线所围的空间，本来没有远近的分别，我们却把A、B中空间看得近，把B、C中空间看得远。从此可知在外物者原来是散漫混乱，经过知觉的综合作用，才现出形象来。形象是心灵从混乱的自然中所创造成的整体。

二、心灵把混乱的事物综合成整体的倾向却有一个限制，事物也要本来就有可综合为整体的可能性。A至F六条线可以看成一个整体，G与H两条线何以不能纳入这个整体里面去呢？这里我们很可以见出在觉美觉丑时心和物的关系。我们从左看到右时，看出CD和AB相似，DE又和BC相似。这两种相似的感觉便在心中形成一个有规律的节奏，使我们预料此后都可由此例推，右边所有的线都顺着左边诸线的节奏。视线移到EF两线时，所预料的果然出现，EF果然与CD也相似。预料而中，自然发生一种快感。但是我们再向右看，看到G与H两线时，就猛觉与前不同，不但G和F的距离猛然变大，原来是像柱子的平行垂直线，现在却是两条毫无规律的线。这是预料不中，所以引起不快感。因此G与H两线不但在物理方面和其他六条线不同，在情感上也和它们不能谐和，所以就被摈于整体之外。

这里所谓"预料"自然不是有意的，好比深夜下楼一样，步步都踏着一步梯，就无意中预料以下都是如此，倘若猛然遇到较大的距离，或是踏到平地，才觉得这是出于意料。许多艺术都应用规律和节奏，而规律和节奏所生的心理影响都以这种无意的预料为基础。

懂得这两层道理，我们就可以进一步来研究美与自然的关系了。一般人常欢喜说"自然美"，好像以为自然中已有美，纵使没有人去领略它，美也还是在那里。这种见解就是我们在上文已经驳过的美本在物的说法。其实"自然美"三个字，从美学观点看，是自相矛盾的，是"美"就不"自然"，只是"自然"就还没有成为"美"。说"自然美"就好比说上文六条垂直线已有三个柱子的形象一样。如果你觉得自然美，自然就已经过艺术化，成为你的作品，不复是生糙的自然了。比如你欣赏一棵古松，一座高山，或是一湾清水，你所见到的形象已经不是松、山、水的本色，而是经过人情化的。各人的情趣不同，所以各人所得于松、山、水的也不一致。

流行语中有一句话说得极好："情人眼底出西施。"美的欣赏极似"柏拉图式的恋爱"。你在初尝恋爱的滋味时，本来也是寻常血肉做的女子却变成你的仙子。你所理想的女子的美点她都应有尽有。在这个时候，你眼中的她也不复是她自己原身而是经你理想化过的变形。你在理想中先酝酿成一个尽美尽善的女子，然后把她外射到你的爱人身上去，所以你的爱人其实不过是寄托精灵的躯骸。你只见到精灵，所以觉得无瑕可指；旁人冷眼旁观，只见到躯骸，所以往往诧异道："他爱上她，真是有些奇怪。"一言以蔽之，恋爱中的对象是已经艺术化过的自然。

美的欣赏也是如此，也是把自然加以艺术化。所谓艺术化，就是人情化和理想化。不过美的欣赏和寻常恋爱有一个重要的异点。寻常恋爱都带有很强烈的占有欲，你既恋爱一个女子，就有意无意地存有"欲得之而甘心"的态度。美感的态度则丝毫不带占有欲。一朵花无论是生在邻家的园子里或是插在你自己的瓶子里，你只要能欣赏，它都是一样美。老子所说的"为而不有，功成而不居"，

可以说是美感态度的定义。古董商和书画金石收藏家大半都抱有"奇货可居"的态度，很少有能真正欣赏艺术的。我在上文说过，美的欣赏极似"柏拉图式的恋爱"，所谓"柏拉图式的恋爱"对于所爱者也只是无所为而为的欣赏，不带占有欲。这种恋爱是否可能，颇有人置疑，但是历史上有多少著例，凡是到极浓度的初恋者也往往可以达到胸无纤尘的境界。

"依样画葫芦"
——写实主义和理想主义的错误

从美学观点看,"自然美"虽是一个自相矛盾的名词,但是通常说"自然美"时所用的"美"字却另有一种意义,和说"艺术美"时所用的"美"字不应该混为一事,这个分别非常重要,我们须把它剖析清楚。

自然本来混整无别,许多分别都是从人的观点看出来的。离开人的观点而言,自然本无所谓真伪,真伪是科学家所分别出来以便利思想的;自然本无所谓善恶,善恶是伦理学家所分别出来以规范人类生活的。同理,离开人的观点而言,自然也本无所谓美丑,美丑是观赏者凭自己性分和情趣见出来的。自然界唯一无二的固有的分别,只是常态与变态的分别。通常所谓"自然美"就是指事物的常态,所谓"自然丑"就是指事物的变态。

举个例来说,比如我们说某人的鼻子生得美,它大概应该像什么样子呢?太大的、太小的、太高的、太低的、太肥的、太瘦的鼻子都不能算得美。美的鼻子一定大小肥瘦高低件件都合式。我们说它不太高,说它件件都合式,这就是承认鼻子的大小高低等等原来有一个标准。这个标准是如何定出来的呢？你如果仔细研究，就可以发现它是取决多数，像选举投票一样。如果一百人之中有过半数的鼻子是一寸高，一寸就成了鼻高的标准。不及一寸高的鼻子就使人嫌它太低，超过一寸高的鼻子就使人嫌它太高。鼻子通常都是从上面逐渐高到下面来，所以称赞生得美的鼻子，我们往往说它"如悬胆"。如果鼻子上下都是一样粗细，像腊肠一样，或是鼻孔朝天露出，那就太稀奇古怪了，稀奇古怪便是变态。通常人说一件事丑，其实不过是因为它稀奇古怪。

照这样说，世间美鼻子应该多于丑鼻子，何以实际上不然呢？自然美的难，难在件件都合式。高低合式的大小或不合式，大小合式的肥瘦或不合式。所谓"式"就是标准，就是常态，就是最普遍的性质。自然美为许多最普遍的性质之总和。就每个独立的性质说，它是最普遍的；但是就总和说，它却不可多得，所以成为理想，为人称美。

一切自然事物的美丑都可以作如是观。宋玉形容一个美人说：

> 天下之佳人莫若楚国，楚国之丽者莫若臣里，臣里之美者莫若臣东家之子。东家之子增之一分则太长，减之一分则太短，著粉则太白，施朱则太赤。

照这样说，美人的美就在安不上"太"字，一安上"太"字就不免有些丑了。"太"就是超过常态，就是稀奇古怪。

人物都以常态为美。健全是人体的常态，耳聋、口吃、面麻、颈肿、背驼、足跛，都不是常态，所以都使人觉得丑。一般生物的常态是生气蓬勃，活泼灵巧。所以就自然美而论，猪不如狗，龟不如蛇，樗不如柳，老年人不如少年人。非生物也是如此。山的常态是巍峨，所以巍峨最易显出山的美；水的常态是浩荡明媚，所以浩荡明媚最易显出水的美。同理，花宜清香，月宜皎洁，春风宜温和，秋雨宜凄厉。

通常所谓"自然美"和"自然丑"，分析起来，意义不过如此。艺术上所谓美丑，意义是否相同呢？

一般人大半以为自然美和艺术美的对象和成因虽不同，而其为美则一。自然丑和艺术丑也是如此。这个普遍的误解酿成艺术史上两种表面相反而实在都是错误的主张，一是写实主义，一是理想主义。

写实主义是自然主义的后裔。自然主义起于法人卢梭。他以为上帝经手创造的东西，本来都是尽美尽善，人伸手进去搅扰，于是它们才被弄糟。人工造作，无论如何精巧，终比不上自然。自然既本来就美，艺术家最聪明的办法就是模仿它。在英人罗斯金看，艺术原来就是从模仿自然起来的。人类本来住在露天的树林中，后来他们建筑房屋，仍然是以树林和天空为模型。建筑如此，其他艺术亦然。人工不敌自然，所以用人工去模仿自然时，最忌讳凭己意选择去取。罗斯金说：

> 纯粹主义者拣选精粉，感官主义者杂取秕糠，至于自然主义则兼容并包，是粉就拿来制饼，是草就取来塞床。

这段话后来变成写实派的信条。写实主义最盛于十九世纪后半叶的法国，尤其是在小说方面。左拉是大家公认的代表。所谓写实主义就是完全照实在描写，愈像愈妙。比如描写一个酒店就要活像一个酒店，描写一个妓女就要活像一个妓女。既然是要像，就不能不详尽精确，所以写实派作者欢喜到实地搜集"凭据"，把它们很仔细地写在笔记簿上，然后把它们整理一番，就成了作品。他们写一间房屋时至少也要用三五页的篇幅，才肯放松它。

这种艺术观的难点甚多，最显著的有两端。第一，艺术的最高目的既然只在模仿自然，自然本身既已美了，又何必有艺术呢？如果妙肖自然，是艺术家的唯一能事，则寻常照相家的本领都比吴道子、唐六如高明了。第二，美丑是相对的名词，有丑然后才显得出美。如果你以为自然全体都是美，你看自然时便没有美丑的标准，便否认有美丑的比较，连"自然美"这个名词也没有意义了。

理想主义有见于此。依它说，自然中有美有丑，艺术只模仿自然的美，丑的东西应丢开。美的东西之中又有些性质是重要的，有些性质是琐屑的，艺术家只选择重要的，琐屑的应丢开。这种理想主义和古典主义通常携手并行。古典主义最重"类型"，所谓"类型"就是全类事物的模子。一件事物可以代表一切其他同类事物时就可以说是类型。比如说画马，你不应该画得只像这匹马或是只像那匹马，你该画得像一切马，使每个人见到你的画都觉得他所知道的马恰是像那种模样。要画得像一切马，就须把马的特征，马的普遍性画出来，至于这匹马或那匹马所特有的个性则"琐屑"不足道。假如你选择某一匹马来做模型，它一定也要富于代表性。这就是古典派的类型主义。从此可知类型就是我们在上文所说的事物的常态，就是一般人的"自然美"。

这种理想主义似乎很能邀信任常识者的同情，但是它和近代艺术思潮颇多冲突。艺术不像哲学，它的生命全在具体的形象，最忌讳的是抽象化。凡是一个模样能套上一切人物时就不能适合于任何人，好比衣帽一样。古典派的类型有如几何学中的公理，虽然应用范围很广泛，却不能引起观者的切身的情趣。许多人所公有的性质，在古典派看，虽是精深，而在近代人看，却极平凡、粗浅。近代艺术所搜求的不是类型而是个性，不是彰明较著的色彩而是毫厘之差的阴影。直鼻子、横眼睛是古典派所谓类型。如果画家只能够把鼻子画直，眼睛画横，结果就难免千篇一律，毫无趣味。他应该能够把这个直鼻子所以异于其他直鼻子的，这个横眼睛所以异于其他横眼睛的地方表现出来，才算是有独到的功夫。

在表面上看，理想主义和写实主义似乎相反，其实它们的基本主张是相同的，它们都承认自然中本来就有所谓美，它们都以为艺术的任务在模仿，艺术美就是从自然美模仿得来的。它们的艺术主张都可以称为"依样画葫芦"的主义。它们所不同者，写实派以为美在自然全体，只要是葫芦，都可以拿来作画的模型；理想派则以为美在类型，画家应该选择一个最富于代表性的葫芦。严格地说，理想主义只是一种精炼的写实主义，以理想派攻击写实派，不过是以五十步笑百步罢了。

艺术对于自然，是否应该持"依样画葫芦"的态度呢？艺术美是否从模仿自然美得来的呢？要回答这个问题，我们应该注意到两件事实：

一、自然美可以化为艺术丑。长在藤子上的葫芦本来很好看，如果你的手艺不高明，画在纸上的葫芦就不很雅观。许多香烟牌和月份牌上面的美人画就是如此，以人而论，面孔倒还端正，眉目倒还清秀；以画而论，则往往恶劣不堪。毛延寿有心要害王昭君，才把她画丑。世间有多少王昭君都被有善意而无艺术手腕的毛延寿糟蹋了。

二、自然丑也可以化为艺术美。本来是一个很丑的葫芦，经过大画家点铁成金的手腕，往往可以成为杰作。大醉大饱之后睡在床上放屁的乡下老太婆未必有什么风韵，但是我们谁不高兴看醉卧怡红院的刘姥姥？从前艺术家大半都怕用丑材料，近来艺术家才知道融自然丑于艺术美，可以使美者更见其美。荷兰画家伦勃朗欢喜画老朽人物，法国文学家波德莱尔欢喜拿死尸一类的事物做诗题，雕刻家罗丹和爱朴斯丹也常用在自然中为丑的人物，都是最显著的例子。

这两件事实所证明的是什么呢？

一、艺术的美丑和自然的美丑是两件事。

二、艺术的美不是从模仿自然美得来的。

从这两点看，写实主义和理想主义都是一样错误，它们的主张恰与这两层道理相反。要明白艺术的真性质，先要推翻它们的"依样画葫芦"的办法，无论这个葫芦是经过选择，或是没有经过选择。

我们说"艺术美"时，"美"字只有一个意义，就是事物现形象于直觉的一个特点。事物如果要能现形象于直觉，它的外形和实质必须融化成一气，它的姿态必可以和人的情趣交感共鸣。这种"美"都是创造出来的，不是天生自在俯拾即是的，它都是"抒情的表现"。我们说"自然美"时，"美"字有两种意义。第一种意义的"美"就是上文所说的常态，例如背通常是直的，直背美于驼背。第二种意义的"美"其实就是艺术美。我们在欣赏一片山水而觉其美时，就已经把自己的情趣外射到山水里去，就已把自然加以人情化和艺术化了。所以有人说："一片自然风景就是一种心境。"一般人的错误在只知道第一种意义的自然美，以为艺术美和第二种意义的自然美原来也不过如此。

法国画家德拉克洛瓦说得好："自然只是一部字典而不是一部书。"人人尽管都有一部字典在手边，可是用这部字典中的字来做出诗文，则全凭各人的情趣和才学。做得好诗文的人都不能说是模仿字典。说自然本来就美（"美"字用"艺术美"的意义）者也犹如说字典中原来就有《陶渊明集》和《红楼梦》一类作品在内。这显然是很荒谬的。

风行水上,
自然成文

文艺是含蕴在人生世相中的,好比盐溶于水,饮者知咸,却不辨何者为盐,何者为水。

从我怎样学国文说起

我学国文，走过许多迂回的路，受过极旧的和极新的影响。如果用自然科学家解剖形态和穷究发展的方法将这过程做一番检讨，倒是一件很有趣的事情。

我在十五岁左右才进小学，以前所受的都是私塾教育。从六岁起读书，一直到进小学，我没有从过师，我的唯一的老师就是我的父亲。我的祖父做得很好的八股文，父亲处在八股文和经义策论交替的时代。他们读什么书，也就希望我读什么书。应付科举的一套家当委实可怜，四书、五经、纲鉴、《唐宋八大家文选》《古唐诗选》之外就几乎全是闱墨制义。五经之中，我幼时全读的是《诗经》《左传》。《诗经》我没有正式地读，家塾里有人常在读，我听了多遍，就能成诵大半。于今我记得最熟的经书，除《论语》外，就是听会的一套《诗经》。我因此想到韵文入人之深，同时，读书用目有时不如用耳。私塾的读书程序是先背诵后讲解。在"开讲"时，我能了解的很少，可是熟读成诵，一句一句地在舌头上滚将下去，还拉一点腔调，在儿童时却是一件乐事。这早年读经的教育我也曾跟着旁人咒骂过，平心而论，其中也不完全无道理。我现在所记得的书大半还是儿时背诵过的，当时虽不甚了了，现在回忆起来，不断地有新领悟，其中意味确是深长。

父亲有些受过学校教育的朋友，教我的方法多少受了新潮流的影响。我"动笔"时，他没有教我做破题起讲，只教我做日记。他先告诉我日间某事可记，并且指出怎样记法，记好了，他随看随改，随时讲给我听。有一次我还记得很清楚，宅旁发现一个古墓，掘出两个瓦瓶，父亲和伯父断定它们是汉朝的古物（他们的考古知识我无从保证），把它们洗干净，供在香炉前的条几上，两人磋商了一整天，做了一篇"古文"的记，用红纸楷书恭写，贴在瓶子上面。伯父提议让我也写一篇，父亲说："他！还早呢。"言下大有鄙夷之意。我当时对于文字起了一种神秘意识，仿佛此事非同小可，同时也渴望有一天能够得上记古瓶。

日记能记到一两百字时，父亲就开始教我做策论经义。当时科举已废除，他还传给我这一套应付科举的把戏，无非是"率由旧章"，以为读书人原就应该弄这一套。现在的读者恐怕对这些名目已很茫然，似有略加解释的必要。所谓"经义"是在经书中挑一两句做题目，就抱着那题目发挥成一篇文章，例如题目是"知耻近乎勇"，你就说明知耻何以近乎勇，"耻"与"勇"须得一番解释，"近乎"两个字更大有文章可做。所谓"策"是在时事中挑一个问题，让你出一个主意，例如题目是"肃清匪患"，你就条陈几个办法，并且详述利弊，显出你有经邦济世的本领。所谓"论"就是议论是非长短或是评衡人物，刘邦和项羽究竟哪一个高明，或是判断史事，孙权究竟该不该笼络曹操。做这几类文章，你都要说理，所说的尽管是歪理，只要能自圆其说，歪也无妨。翻案文章往往见得独出心裁。这类文章有它们的传统作法。开头要一个帽子，从广泛的大道理说起，逐渐引到本题，发挥一段意思，于是转到一个"或者曰"式的相反的议论，把它驳倒，然后作一个结束。这就是所谓"起承转合"。这类文章没有什么文学价值，人人都知道。但是当作一种写作训练看，它也不是完全无用。在它的窄狭范围内，如果路走得不错，它可以启发思想，它的形式尽管是呆板，它究竟有一个形式。我从十岁左右起到二十岁左右止，前后至少有十年的光阴都费在这种议论文上面。这训练造成我的思想的定型，注定我的写作的命运。我写说理文很容易，有理我都可以说得出，很难说的理我能用很浅的话说出来。这不能不归功于幼年的训练。但是就全盘计算，我自知得不偿失。在应该发展想象的年龄，我的空洞的脑袋被歪曲到抽象的思想工作方面去，结果我的想象力变成极平凡，我把握不住一个有血有肉有光有热的世界，在旁人脑里成为活跃的戏景画境的，在我脑里都化为干枯冷酷的理。我写不出一篇过得去的描写文，就吃亏在这一点。

　　我自幼就很喜欢读书。家中可读的书很少，而且父亲向来不准我乱翻他的书箱。每逢他不在家，我就偷尝他的禁果。我翻出储同人评选的《史记》《战国策》《国语》、西汉文之类，随便看了几篇，就觉得其中趣味无穷。本来我在读《左传》，可是当作正经功课读的《左传》文章虽好，却远不如自己偷着看的《史记》《战国策》那么引人入胜。像《项羽本纪》那种长文章，我很早就熟读成

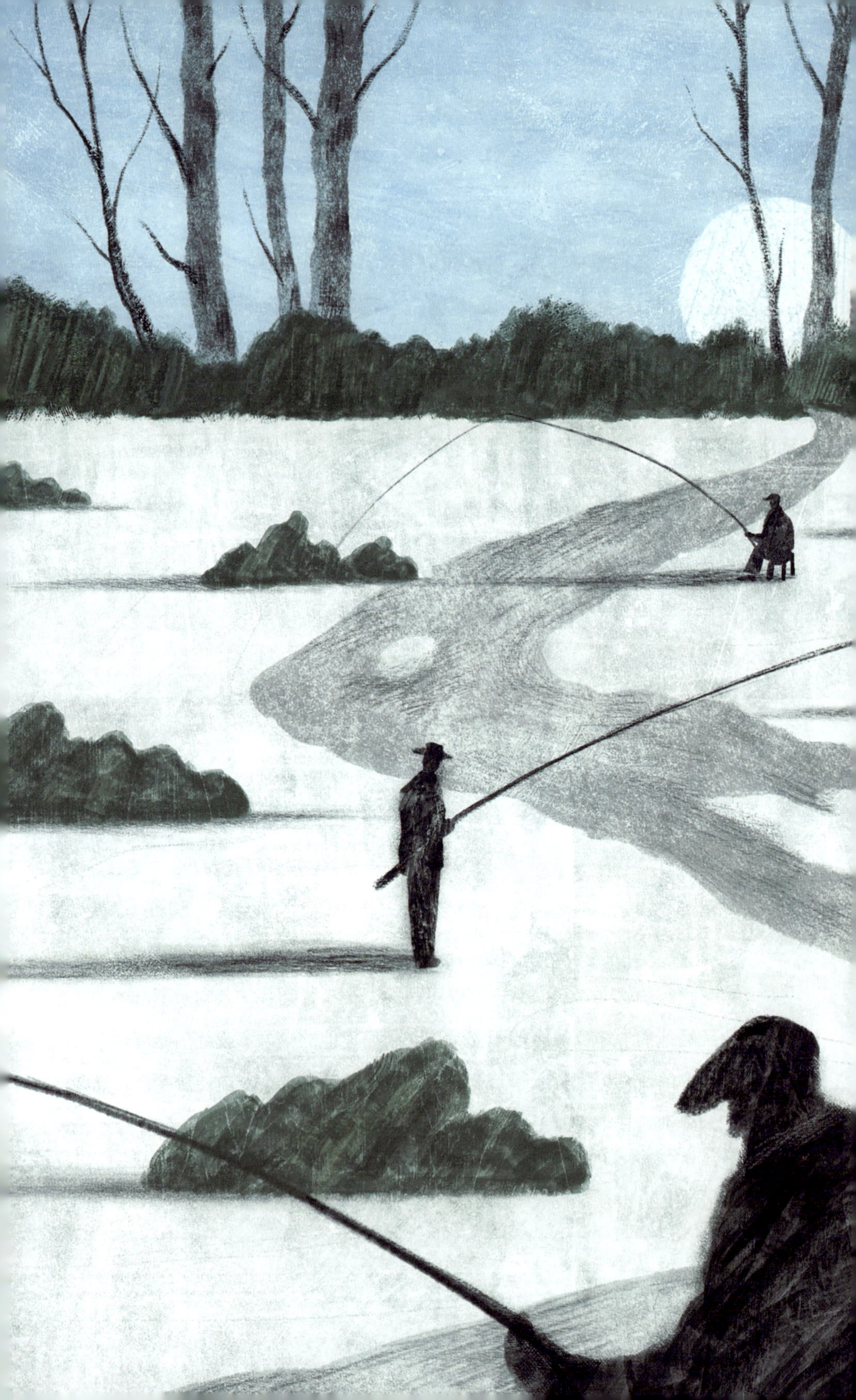

诵。王应麟的《困学纪闻》也有些地方使我很高兴。父亲没有教我读八股文，可是家里的书大半是八股文，单是祖父手抄的就有好几箱，到无书可读时，连这角落里我也钻了进去。坦白地说，我颇觉得八股文也有它的趣味。它的布置很匀称完整，首尾条理线索很分明，在窄狭范围与固定形式之中，翻来覆去，往往见出作者的匠心。我于今还记得一篇《止子路宿》，写得真惟妙惟肖，入情入理。八股文之外，我还看了一些七杂八拉的东西，试帖诗、《楹联丛话》《广治平略》《事类统编》《历代名臣言行录》《粤匪纪略》以至于《验方新编》《麻衣相法》《太上感应篇》和牙牌起数用的词。家住在穷乡僻壤，买书甚难。距家二三十里地有一个牛王集，每年清明前后附近几县农人都到此买卖牛马，各种商人都来兜生意，省城书贾也来卖书籍文具。我有一个族兄每年都要到牛王集买一批书回来，他的回来对于我是一个盛典。我羡慕他有去牛王集的自由，尤其是有买书的自由。书买回来了，他很慷慨地借给我看。由于他的慷慨，我读到《饮冰室文集》。这部书对于我启示一个新天地，我开始向往"新学"，我开始为《意大利三杰传》的情绪所感动。作者那一种酣畅淋漓的文章对于那时的青年人真有极大的魔力，此后有好多年我是梁任公先生的热烈的崇拜者。有一次报纸误传他在上海被难，我这个素昧平生的小子在一个偏僻的乡村里为他伤心痛哭了一场。也就从饮冰室的启示，我开始对于小说戏剧发生兴趣。父亲向来不准我看小说，家里除一套《三国演义》以外，也别无所有，但是《水浒传》《红楼梦》《琵琶记》《西厢记》几种我终于在族兄处借来偷看过。因为读这些书，我开始注意金圣叹，"才子""情种"之类观念开始在我脑里盘旋。总之，我幼时头脑所装下的书好比一个灰封尘积的荒货摊，大部分是废铜烂铁，中间也夹杂有几件较名贵的古董。由于这早年的习惯，我至今读书不能专心守一个范围，总爱东奔西窜，许多不同的东西令我同样感觉兴趣。

我在小学里只住了一学期就跳进中学。中学教育对于我较深的影响是"古文"训练。说来也很奇怪，我是桐城人，祖父和古文家吴挚甫先生有交谊，他所廪保的学生陈剑潭先生做古文也曾享一时盛名，可是我家里从没有染着一丝毫的古文派风气。科举囿人，于此可见一斑。进了中学，我才知道有桐城派古文这么一回事。那时候我的文字已粗清通，年纪在同班中算是很小，特别受国文教员们赏识。学校里做文章的风气确是很盛，考历史、地理可以做文章，考物理、化学也还可以做文章，所以我到处占便宜。教员们希望这小子可以接古文一线之传，鼓励我做，我越做也就越起劲。读品大半选自《古文辞类纂》和《经史百家杂钞》。各种体裁我大半都试作过。那时候我的摹仿性很强，学欧阳修、归有光有时居然学得很像。学古文别无奥诀，只要熟读范作多篇，头脑里甚至筋肉里都浸润下那一套架子，那一套腔调，和那一套用字造句的姿态，等你下笔一摇，那些"骨力""神韵"就自然而然地来了，你就变成一个扶乱手，不由自主地动作起来。桐城派古文曾博得"谬种"的称呼。

依我所知，这派文章大道理固然没有，大毛病也不见得很多。它的要求是谨严典雅，它忌讳浮词堆砌，它讲究声音节奏，它着重立言得体。古今中外的上品文章似乎都离不掉这几个条件。它的唯一毛病就是文言文，内容有时不免空洞，以致谨严到干枯，典雅到俗滥。这些都是流弊，作始者并不主张如此。

兴趣既偏向国文，在中学毕业后我就决定升大学入国文系。我很想进北京大学，因为路程远，花费多，家贫无力供给，只好就近进了武昌高等师范学校。在武昌待了一年光景，使我至今还留恋的只有洪山的红菜薹，蛇山的梅花和江边几条大街上的旧书肆。至于学校却使我大失所望，里面国文教员还远不如在中学教我的那些老师。那位以地理名家的系主任以冬烘学究而兼有海派学者的习气，走的全是左道旁门，一面在灵学会里扶乩请仙，一面在讲台上提倡孔教，讲书一味穿凿附会，黑水变成黑海，流沙便是非洲沙漠。另外有一位教员讲《孟子》，在每章中都发现一个文章义法，章章不同，这章是"开门见山"，那章是"一针见血"，另一章又是"剥茧抽丝"。一团乌烟瘴气，弄得人啼笑皆非。我从此觉得一个人嫌恶文学上的低级趣味可以比嫌恶仇敌还更深入骨髓。我在武昌却并非毫无所得，我开始发现世间有那么多的书。其次，学校里有文字学一门功课，我规规矩矩地把段玉裁的《许氏说文解字注》从头看到尾，约略窥见清朝小学家们治学的方法。

塞翁失马，因祸可以得福。我到武昌是失着，但是我因此得到被遣送到香港大学的机会。这是我生平一个大转机。假若没有得到那个机会，说不定我现在还是冬烘学究。从那时到现在，二十余年之中，我虽没有完全丢开线装书，大部分工夫却花来学外国文，读外国书。这对于我学中国文，读中国书的影响很大，待下文再说，现在先说一个同样重要的事件，那就是"新文化运动"。大家都知道，这运动是对于传统的文化、伦理、政治、文学各方面的全面攻击。它的鼎盛期正当我在香港读书的年代。那时我是处在怎样一个局面呢？我是旧式教育培养起来的，脑里被旧式教育所灌输的那些固定观念全是新文化运动的攻击目标。好比一个商人，库里藏着多年辛苦积蓄起来的一大堆钞票，方自以为富足，一夜睡过来，满市人都喧传那些钞票全不能兑现，一文不值。你想我心服不心服？尤其是文言文要改成白话文一点于我更有切肤之痛。当时许多遗老遗少都和我处在同样的境遇。他们咒骂过，我也跟着咒骂过。《新青年》发表的吴敬斋的那封信虽不是我写的（天知道那是谁写的，我祝福他的在天之灵！），却大致能表现当时我的感想和情绪。但是我那时正开始研究西方学问，一点浅薄的科学训练使我看出新文化运动是必须的，经过一番剧烈的内心冲突，我终于受了它的洗礼。我放弃了古文，开始做白话文。最初好比放小脚，裹布虽扯开，走起路来终有些不自在；后来小脚逐渐变成天足，用小脚曾走过路，改用天足特别显得轻快，发现从前小脚走路的训练工夫，也并不算完全白费。

　　文言白话之争到于今似乎还没有终结，我做过十五年左右的文言文，二十年左右的白话文，就个人经验来说，究竟哪一种比较好呢？把成见撇开，我可以说，文言和白话的分别并不如一般人所想象的那样大。第一就写作的难易说，文章要做得好都很难，白话也并不比文言容易。第二，就流弊说，文言固然可以空洞俗滥板滞，白话也并非天生地可以免除这些毛病。第三，就表现力说，白话与文言各有所长，如果要写得简炼，含蓄，富于伸缩性，宜于用文言；如果要写得生动，直率，切合于现实生活，宜于用白话。这只是大体说，重要的关键在作者的技巧，两种不同的工具在有能力的作者的手里都可运用自如。我并没有发现某种思想和感情只有文言可表现，或者只有白话可表现。第四，就写作技巧说，好文章的条件都是一样，第一是要有话说，第二要把话说得好。思想条理必须清楚，情致必须真切，境界必须新鲜，文字必须表现得恰到好处，谨严而生动，简朴不至于枯涩，高华不至于浮杂。文言文要好须如此，白话文要好也还须如此。话虽如此说，我大体上比较爱写白话。原因很简单，语文的重要功用是传达，传达是作者与读者中间的交际，必须作者说得痛快，读者听得痛快，传达才能收到最大的效果。为作者着想，文言和白话的分别固不大；为读者着想，白话确远比文言方便。不过这里我要补充一句：白话的定义很难下，如果它指大多数人日常所用的语言，它的字和辞都太贫乏，决不够用。较好的白话文都不免要在文言里面借字借词，与日常流行的话语究竟有别。这就是说，白话没有和文言严密分家的可能。本来语文都有历史的赓续性，字与词有部分的新陈代谢，决无全部的死亡。提倡白话文的人们欢喜说文言是死的，白话是活的。我以为这话语病很大，它使一般青年读者们误信只要会说话就会做文章，对于文字可以不研究，对于旧书可以一概不读，这是为白话文作茧自缚。白话文必须继承文言的遗产，才可以丰富，才可以着土生根。

因为有这个信念，我写白话文，不忌讳在文言中借字借词。我觉得文言文的训练对于写白话文还大有帮助。但是我极力避免用文言文的造句法，和文言文所习用的虚字如"之乎者也"之类。因为文言文有文言文的空气，白话文有白话文的空气，除借字借词之外，文白杂糅很难得谐和。俞平伯诸人的玩艺只可聊备一格，不可以为训。

我对于白话文，除着接收文言文的遗产一个信念以外，还另有个信念，就是它需要适宜程度的欧化。我从略通外国文学，就时时考虑怎样采取外国文学风格和文字组织的优点，来替中国文创造一种新风格和新组织。我写白话文，除得力于文言文的底子以外，从外国文字训练中也得了很不少的教训。头一点我要求合逻辑。一番话在未说以前，我必须把思想先弄清楚，自己先明白，才能让读者明白，糊里糊涂地混过去，表面堂皇铿锵，骨子里不知所云或是暗藏矛盾，这个毛病极易犯，我总是小心提防着它。我不敢说中国文天生有这毛病，不过许多中国文人常犯这毛病却是事实。我知道提防它，是得力于外国文字的训练。我爱好法国人所推崇的明晰。第二点我要求合文法。文法本由习惯造成，各国语文都有它的习惯，就有它的文法。不过我们中国人对于文法向来不大研究，行文还求文从字顺，说话就不免随便。中国文法组织有两个显著的缺点。第一是缺乏逻辑性，一句话可以无主词，"虽然""但是"可以连着用。其次缺乏弹性，单句易写，混合句与复合句不易写，西文中含有"关系代名词"的长句无法译成中文，可以为证。我写白话文，常尽量采用西文的文法和语句组织，虽然同时我也顾到中国文字的特性，不要文章露出生吞活剥的痕迹。第二点在造句布局上我很注意声音节奏。我要文字响亮而顺口，流畅而不单调。古文本来就很讲究这一点，不过古文的腔调必须哼才能见出，白话文的腔调哼不出来，必须念出来，所以古文的声音节奏很难应用在白话文里。近代西方文章大半是用白话，所以它的声音节奏的技巧和道理很可以为我们借鉴。这中间奥妙甚多，粗略地说，字的平仄单复，句的长短骈散，以及它们的错综配合都须得推敲。这事很难，成就距理想总是很远。

我主张中文要有"适宜程度的"欧化，这就是说，欧化须有它的限度，它不应和本国的文字的特性相差太远。有两种过度的欧化我颇不赞成。第一种是生吞活剥地模仿西文语言组织。这风气倡自鲁迅先生的直译主义。"我遇见他在街上走"变成"我遇见他走在街上""园里有一棵树"变成"那里有一棵树在园里"，如此等类的歪曲我以为不必要。第二种是堆砌形容词和形容字句，把一句话拖得冗长臃肿。这在西文里本不是优点，许多作者偏想在这上面卖弄风姿，要显出华丽丰富，他们不知道中文句字负不起那样重载。为了这个问题，我和一位朋友吵过几回嘴。我不反对文字的华丽，但是我不欢喜村妇施朱敷粉，以多为贵。

这牵涉风格问题，"风格就是人格"。每个作者有他的特性，就有他的特殊风格。所以严格地说，风格不是可模仿的或普遍化的，每个作者如果在文学上能有特殊的成就，他必须成就一种他所独有的风格。但是话虽如此说，他在成就独有的风格的过程中，不能不受外来的影响。他所用的语言是大家所公用的，他所承受的精神遗产来源很久远，他与他的环境的接触影响到他的生活，就能影响到他的文章。他的风格的形成有他的特异点，也有他与许多人的共同点。如果把这共同点叫做类型，我们可以说，一时代的文学有它的类型的风格，一民族的文学也有它的类型的风格。这类型的风格对于个别作家的风格是一个基础。文学需要"学"，原因就在此。像其他人类活动一样，文艺离不开模仿，不模仿而能创造，那是无中生有，不可想象。许多作家的厄运在不学而求创造，也有许多作家的厄运在安心模仿而不求创造。安于模仿，类型的风格于是成为呆板形式，而模仿者只是拿这呆板形式来装腔作势，装腔作势与真正文艺毫无缘分。从历史看，一个类型的风格到了相当时期以后，常易变成呆板形式供人装腔作势，要想它重新具有生命，必须有很大的新的力量来振撼它，滋润它。这新的力量可以从过去另一时代来，如唐朝作家撇开六朝回到两汉，十九世纪欧洲浪漫派撇开假古典时代回到中世纪；也可从另一民族来，如六朝时代接受佛典，英国莎士比亚时代接受意大利的文艺复兴。从整个的中国文学史看，中国文学的类型的风格到了唐宋以后不断地在走下坡路，我们早已到了"文敝"的阶段，个别作家如果株守故辙，虽有大力也无能为力。西方文化的东流，是中国文学复苏的一个好机会。我们这一个时代的人所负的责任真重大，我们不应该错过这机会。我以为中国文的欧化将来必须逐渐扩大，由语句组织扩大到风格。这事很不容易，有文学天才的人不一定有时间与精力研究西方文学，有时间精力研究西方文学的人也不一定有文学天才。假如我有许多年青作家的资禀，再加上丰富的生活经验，也许多少可以实现我的愿望。无如天注定了我资禀平凡，注定了我早年受做时文的教育，又注定了我奔波劳碌，不得一刻闲，一切愿望于是成为苦恼。

　　文学是人格的流露。一个文人先须是一个人，须有学问和经验所逐渐铸就的丰富的精神生活。有了这个基础，他让所见所闻所感所触藉文字很本色地流露出来，不装腔，不作势，水到渠成，他就成就了他的独到的风格，世间也只有这种文字才算是上品文字。除着这个基点以外，如果还另有什么资禀使文人成为文人的话，依我想，那就只有两种敏感。一种是对于人生世相的敏感。事事物物的哀乐可以变成自己的哀乐，事事物物的奥妙可以变成自己的奥妙。"一花一世界，一草一精神。"有了这种境界，自然也就有同情，就有想象，就有澈悟。其次是对于语言文字的敏感。语言文字是流通到光滑污滥的货币，可是每个字在每一个地位有它的特殊价值，丝毫增损不得，丝毫搬动不得。许多人在这上面苟且敷衍，得过且过；对于语言文字有敏感的人便觉得这是一种罪过，发生嫌憎。只有这种人才能有所谓"艺术上的良心"，也只有这种人才能真正创造文学，欣赏文学。诗人济慈说："看一个好句如一个爱人。"在恋爱中除着恋爱以外，一切都无足轻重；在文艺活动中，除着字句的恰当选择与安排以外，也一切都无足轻重。在那一刻中（无论是恋爱或是创作文艺），全世界就只有我所经心的那一点真实，其余都是虚幻。在这两种敏感之中，对于文人，最重要的是第二种。古今有许多哲人和神秘主义的宗教家不愿用文字泄露他们的敏感，像柏拉图所说的，他们宁愿在诗里过生活，不愿意写诗。世间也有许多匹夫匹妇在幸运的时会中偶然发现生死是一件沉痛的事，或是墙角一片阴影是一幅美妙的景象，可是他们无法用语言文字把心中的感触说出来，或是说得不是那么一回事。文人的本领不只在见得到，尤其在说得出。说得出，必须说得"恰到好处"，这需要对于语言文字的敏感。有这敏感，他才能找到恰好的字，给它一个恰好的安排。

　　人生世相的敏感和语言文字的敏感都大半是天生的，人力也可培养成几分。我在这两方面得之于天的异常稀薄，然而我对于人生世相有相当的了悟，运用语言文字也有相当的把握。虽然是自己达不到的境界，我有时也能欣赏，这大半是辛苦训练的结果。我从许多哲人和诗人方面借得一副眼睛看世界，有时能学屈原、杜甫的执着，有时能学庄周、列御寇的徜徉凌虚，莎士比亚教会我在悲痛中见出庄严，莫里哀教会我在乖讹丑陋中见出隽妙，陶潜和华兹华斯引我到自然的胜境，近代小说家引我到人心的曲径幽室。我能感伤也能冷静，能认真也能超脱，能应俗随时，也能潜藏非尘世的丘壑。文艺的珍贵的雨露浸润到我灵魂至深处，我是一个在再造过的人，创造主就是我自己。但是，天！我能再造自己，我不能把接收过来的世界再造成一世界。裵菲丽雅问哈姆雷特读什么，他回答说，"字，字，字！"我一生都在"字"上做功夫，到现在还只能用"字"来做这世界里面的日常交易，再造另一世界所需要的"字"常是没到手就滑了去。圣约翰说："太初有字，字和上帝在一起，字就是上帝。"我能了解字的威权，可是我常慑服在它的威权之下。原来它是和上帝在一起的。

文学的趣味

　　文学作品在艺术价值上有高低的分别，鉴别出这高低而特有所好，特有所恶，这就是普通所谓趣味，辨别一种作品的趣味就是评判，玩索一种作品的趣味就是欣赏，把自己在人生自然或艺术中所领略得的趣味表现出就是创造。趣味对于文学的重要于此可知。文学的修养可以说是趣味的修养。趣味是一个比喻，由口舌感觉引申出来的。它是一件极寻常的事，却也是一件极难的事。虽说"天下之口有同嗜"，而实际上"人莫不饮食也，鲜能知味"。它的难处在没有固定的客观的标准，而同时又不能完全凭主观的抉择。说完全没有客观的标准吧，文章的美丑犹如食品的甜酸，究竟容许公是公非的存在；说完全可以凭客观的标准吧，一般人对于文艺作品的欣赏有许多个别的差异，正如有人嗜甜，有人嗜辣。在文学方面下过一番功夫的人都明白文学上趣味的分别是极微妙的，差之毫厘往往谬以千里。极深厚的修养常在毫厘之差上见出，极艰苦的磨练也常在毫厘之差上做功夫。

　　举一两个实例来说。南唐中主的《浣溪沙》是许多读者所熟读的：

读者也须时常创造他的趣味。
生生不息的趣味才是活的趣味。

菡萏香销翠叶残，西风愁起绿波间。还与韶光共憔悴，不堪看。细雨梦回鸡塞远，小楼吹彻玉笙寒。多少泪珠何限恨，倚阑干。

　　冯正中、王荆公诸人都极赏"细雨梦回"二句，王静安在《人间词话》里却说："菡萏香销二句大有众芳芜秽美人迟暮之感，乃古今独赏其细雨梦回二句，故知解人正不易得。"《人间词话》又提到秦少游的《踏莎行》，这首词最后两句是"郴江幸自绕郴山，为谁流下潇湘去"，最为苏东坡所叹赏；王静安也不以为然："少游词境最为凄惋，至'可堪孤馆闭春寒，杜鹃声里斜阳暮'，则变而为凄厉矣。东坡赏其后二语，犹为皮相。"

　　这种优秀的评判正足见趣味的高低。我们玩味文学作品时，随时要评判优劣，表示好恶，就随时要显趣味的高低。冯正中、王荆公、苏东坡诸人对于文学不能说算不得"解人"，他们所指出的好句也确实是好，可是细玩王静安所指出的另外几句，他们的见解确不无可议之处，至少是"郴江绕郴山"二句实在不如"孤馆闭春寒"二句。几句中间的差别微妙到不易分辨的程度，所以容易被人忽略过去。可是它所关却极深广，赏识"郴江绕郴山"的是一种胸襟，赏识"孤馆闭春寒"的另是一种胸襟；同时，在这一两首词中所用的鉴别的眼光可以应用来鉴别一切文艺作品，显出同样的抉择，同样的好恶，所以对于一章一句的欣赏大可见出一个人的一般文学趣味。好比善饮酒者有敏感鉴别一杯酒，就有敏感鉴别一切的酒。趣味其实就是这样的敏感。离开这一点敏感，文艺就无由欣赏，好丑妍媸就变成平等无别。

不仅欣赏，在创作方面我们也需要纯正的趣味。每个作者必须是自己的严正的批评者，他在命意布局遣词造句上都须辨析锱铢，审慎抉择，不肯有一丝一毫的含糊敷衍。他的风格就是他的人格，而造成他的特殊风格的就是他的特殊趣味。一个作家的趣味在他的修改锻炼的功夫上最容易见出。西方名家的稿本多存在博物馆，其中修改的痕迹最足发人深省。中国名家修改的痕迹多随稿本湮没，但在笔记杂著中也偶可见一斑。姑举一例。黄山谷的《冲雪宿新寨》一首七律的五六两句原为"俗学近知回首晚，病身全觉折腰难"。这两句本甚好，所以王荆公在都中听到，就击节赞叹，说"黄某非风尘俗吏"。但是黄山谷自己仍不满意，最后改为"小吏有时须束带，故人颇问不休官"。这两句仍是用陶渊明见督邮的典故，却比原文来得委婉有含蓄，弃彼取此，亦全凭趣味。如果在趣味上不深究，黄山谷既写成原来两句，就大可苟且偷安。

以上谈欣赏和创作，摘句说明，只是为其轻而易举，其实一切文艺上的好恶都可作如是观。你可以特别爱好某一家，某一体，某一时代，某一派别，把其余都看成左道狐禅。文艺上的好恶往往和道德上的好恶同样地强烈深固，一个人可以在趣味异同上区别敌友，党其所同，伐其所异。文学史上许多派别，许多笔墨官司，都是这样起来的。

在这里我们会起疑问：文艺有好坏，爱憎起于好坏，好的就应得一致爱好，坏的就应得一致憎恶，何以文艺的趣味有那么大的分歧呢？你拥护六朝，他崇拜唐宋；你赞赏苏辛，他推尊温李，纷纭扰攘，莫衷一是。作品的优越不尽可为凭，莎士比亚、布莱克、华兹华斯一般开风气的诗人在当时都不很为人重视。读者的深厚造诣也不尽可为凭，托尔斯泰攻击莎士比亚和歌德，约翰逊看不起弥尔顿，法郎士讥诮荷马和维吉尔。这种趣味的分歧是极有趣的事实。粗略地分析，造成这事实的有下列几个因素：

第一是资禀性情。文艺趣味的偏向在大体上先天已被决定。最显著的是民族根性。拉丁民族最喜欢明晰，条顿民族最喜欢力量，希伯来民族最喜欢严肃，他们所产生的文艺就各具一种风格，恰好表现他们的国民性。就个人论，据近代心理学的研究，许多类型的差异都可以影响文艺的趣味。比如在想象方面，"造型类"人物要求一切像图像那样一目了然，"涣散类"人物喜欢一切像音乐那样迷离隐约；在性情方面，"硬心类"人物偏袒阳刚，"软心类"人物特好阴柔；在天然倾向方面，"外倾"者喜欢戏剧式的动作，"内倾"者喜欢独语体诗式的默想。这只是就几个荦荦大端来说，每个人在资禀性情方面还有他的特殊个性，这和他的文艺的趣味也密切相关。

其次是身世经历。《世说新语》中谢安有一次问子弟："《毛诗》何句最佳？"谢玄回答："昔我往矣，杨柳依依；今我来思，雨雪霏霏。"谢安表示异议，说："'訏谟定命，远猷辰告，'句有雅人深致。"这两人的趣味不同，却恰合两人不同的身份。谢安自己当朝一品，所以特别能欣赏那形容老成谋国的两句；谢玄是翩翩佳公子，所以那流连风景，感物兴怀的句子很合他的口味。本来文学欣赏，贵能设身处地去体会。如果作品所写的与自己所经历的相近，我们自然更容易了解，更容易起同情。杜工部的诗在这抗战期中读起来，特别亲切有味，也就是这个道理。

第三是传统习尚。法国学者泰纳著《英国文学史》，指出"民族""时代""周围"为文学的三大决定因素，文艺的趣味也可以说大半受这三种势力形成。各民族、各时代都有它的传统。每个人的"周围"（法文 milieu 略似英文 circle，意谓"圈子"，即常接近的人物，比如说，属于一个派别就是站在那个圈子里）都有它的习尚。在西方，古典派与浪漫派、理想派和写实派；在中国，六朝文与唐宋古文，选体诗、唐诗和宋诗，五代词、北宋词和南宋词，桐城派古文和阳湖派古文，彼此中间都树有很森严的壁垒。投身到某一派旗帜之下的人，就觉得只有那一派是正统，阿其所好，以致目空其余一切。我个人与文艺界朋友的接触，深深地感觉到传统习尚所产生的一些不愉快的经验。我对新文学属望很殷，费尽千言万语也不能说服国学耆宿们，让他们相信新文学也自有一番道理。我也很爱读旧诗文，向新文学作家称道旧诗文的好处，也被他们嗤为顽腐。此外新旧文学家中又各派别之下有派别，京派海派，左派右派，彼此相持不下。我冷眼看得很清楚，每派人都站在一个"圈子"里，那圈子就是他们的"天下"。

一个人在创作和欣赏时所表现的趣味，大半由上述三个因素决定。资禀性情、身世经历和传统习尚，都是很自然地套在一个人身上的，轻易不能摆脱，而且它们的影响有好有坏，也不必完全摆脱。我们应该做的功夫是根据固有的资禀性情而加以磨砺陶冶，扩充身世经历而加以细心的体验，接收多方的传统习尚而求截长取短，融会贯通。这三层功夫就是普通所谓学问修养。纯恃天赋的趣味不足为凭，纯恃环境影响造成的趣味也不足为凭，纯正的可凭的趣味必定是学问修养的结果。

孔子有言："知之者不如好之者，好之者不如乐之者"，仿佛以为知、好、乐是三层事，一层深一层；其实在文艺方面，第一难关是知，能知就能好，能好就能乐。知、好、乐三种心理活动融为一体，就是欣赏，而欣赏所凭的就是趣味。许多人在文艺趣味上有欠缺，大半由于在知上有欠缺。

有些人根本不知，当然不会深感到趣味，看到任何好的作品都如蠢牛听琴，不起作用。这是精神上的残废。犯这种毛病的人失去大部分生命的意味。

有些人知得不正确，于是趣味低劣，缺乏鉴别力，只以需要刺激或麻醉，取恶劣作品疗饥过瘾，以为这就是欣赏文学。这是精神上的中毒，可以使整个的精神受腐化。

有些人知得不周全，趣味就难免窄狭，像上文所说的，被囿于某一派别的传统习尚，不能自拔。这是精神上的短视，"坐井观天，诬天渺小"。

要诊治三种流行的毛病，唯一的方剂是扩大眼界，加深知解。一切价值都由比较得来，生长在平原，你说小山坡最高，你可以受原谅，但是你错误。"登东山而小鲁，登泰山而小天下"，那"天下"也只是孔子所能见到的天下。要把山估计得准确，你必须把世界名山都游历过，测量过。研究文学也是如此，你玩索的作品愈多，种类愈复杂，风格愈分歧，你的比较资料愈丰富，透视愈正确，你的鉴别力（这就是趣味）也就愈可靠。

人类心理都有几分惰性，常以先入为主，想获得一种新趣味，往往须战胜一种很顽强的抵抗力。许多旧文学家不能欣赏新文学作品，就因为这个道理。就我个人的经验来说，起初习文言文，后来改习语体文，颇费过一番冲突与挣扎。再才置信语体文时，对于文言文颇有些反感，后来多经摸索，觉得文言文仍有它的不可磨灭的价值。专就学文言文说，我起初学桐城派古文，跟着古文家们骂六朝文的绮靡，后来稍致力于六朝人的著作，才觉得六朝文也有为唐宋文所不可及处。在诗方面我从唐诗入手，觉宋诗索然无味，后来读宋人作品较多，才发见宋诗也特有一种风味。我学外国文学的经验也大致相同，往往从笃嗜甲派不了解乙派，到了解乙派而对甲派重新估定价值。我因而想到培养文学趣味好比开疆辟土，须逐渐把本来非我所有的征服为我所有。英国诗人华兹华斯说道："一个诗人不仅要创造作品，还要创造能欣赏那种作品的趣味。"我想不仅作者如此，读者也须时常创造他的趣味。生生不息的趣味才是活的趣味，像死水一般静止的趣味必定陈腐。活的趣味时时刻刻在发现新境界，死的趣味老是围在一个窄狭的圈子里。这道理可以适用于个人的文学修养，也可以适用于全民族的文学演进史。

眼泪文学

记得有一位作者,在他一篇小说后面记他自己读那篇文章所受的感动程度说:"因为这一段事过于凄惨,自己写完了再读一遍,却又落了一会儿泪。"近来又看到一位批评家谈一部新出的剧本,他说他喜欢这剧本,它使他"流过四次眼泪"。同样的自白随时随地可以看到或听到,我每看到或听到这种话时,心里不免有些怅惘。我也天天在读文学作品,为什么我一向就没有流过眼泪呢?罪过显然不在作品,因为叫他们流泪的书我也还是在读。这大概只能归咎我的天性薄,心肠硬了。

应该归咎于我自己,我承认;不过文学与眼泪是否真有必然的关联?文学的最高恩惠是否就是眼泪?叫人流泪的多寡是否是衡量文学价值的靠得住的标准?对于这些问题,我却很怀疑。

我虽不会流泪,但是我想它也并不是难事。你到戏院或电影院里去看看。每逢到一个末路英雄,一对情侣的生离死别,或是一个堕落者的最后忏悔,你回头望一望同座的观众,——尤其是太太小姐们——你总可以发现一些人在拿手帕揩眼睛。这是你看得见的,还有许多末路英雄、失意情侣和忏悔的堕落者睡在被窝里或是躺在沙发上在埋头咀嚼感伤派的小说，"掬同情之泪"，你也不难想象到。

在这个世界里，末路英雄、失意情侣和忏悔的堕落者实在是太多了，所以感伤派文学——或者用法国人所取的一个更恰当的名称，"眼泪文学"(litlérature de larme)——总是到处受欢迎。据希腊哲学家柏拉图说，人生来就有一种哀怜癖，爱流泪，爱读叫人流泪的文学。这是一种饥渴，一种馋瘾，读"眼泪文学"觉得爽快，正犹如吃了酒，发泄了性欲，打了吗啡针，一种很原始的要求得到了满足。因为需要普遍，所以就有一派作者应运而起，努力供给以文学为商标的兴奋剂。

"眼泪文学"既有人类根性做基础，所以传播起来非常容易。大家愈称赞流泪，于是流泪成为时髦。我们都知道，文学史上有所谓"浪漫时期"，"浪漫时期"又有所谓"世纪病"，"世纪病"其实可以说就是"流泪病"。在那个时期，不爱流泪，不会叫人流泪，就简直失去"诗人"的资格。他们的英雄是维特(Werther)，是哈罗尔德(Herold)，是勒内(René)，个个都是眼泪汪汪地望着破烂的堡垒和荒凉的墓园，嗟叹人生的空虚，歌咏伤感的伟大。会流泪，就会显得你不同凡俗，显得你深刻高贵。大家都爱自居深刻高贵，于是流泪本来虽是"贵族的"，也变成"平民的"了。因此，"眼泪文学"于人类根性之外，又加上风气与虚荣心两重保障。

文学能叫人流泪，它的感动力多么伟大啊！但是我们试平心静气地想一想：世间受文学感动而至于流泪的人们，在感动以后，究竟发下什么样的大善心，叫世界上少发生一些可痛哭流涕的事件呢？谈到这个问题，我又想起柏拉图。他驱逐诗人于理想国之外，重要的原因就是诗人太爱叫人流泪。只有弱者在悲苦的境遇才感伤流泪，诗人迎合人类好感伤流泪一点劣根性，尽量拿易起感伤的材料去刺激听众，叫他们得到满足"哀怜癖"的快感，久之习惯成自然，他们便逐渐失去"丈夫气"，性格变成女性化，到自己遇到悲苦境界时，也只以一叹一哭了之。柏拉图的清教徒式的严酷固然有些过火，但从一般读文学而爱流泪的人们所给的实证看，他的话似乎也并不完全错误。记得看过一篇俄国小说，——记不清作者，许是屠格涅夫——写一位莫斯科的贵妇坐在马车里读一部写贫苦社会的小说，读得泪流满面，同时他的马车夫就在她面前冻死了，她却毫不在意。受文学作品感动而流泪的人们心地并不一定就特别慈祥，法国哲学家卢梭老早就已经说过。像罗马塞那(Sylla)之类的暴君素以残酷著名，到戏院里去看悲剧时也还是流泪。

能叫人流泪的文学不一定就是第一等的文学。关于这一点，我曾经作过一些实地观察。我到戏院里看戏，总喜欢回头看看观众在兴酣局紧时，面孔上表现什么样的反应。我看过几十次的莎士比亚的作品，在剧情极悲惨时，我回头看看，只见全场人都在屏息静听，面上都呈现一种虽紧张而却镇定喜悦的样子。我也看过不少的富于感伤性的近代戏，像《茶花女》《少奶奶的扇子》之类的戏我都看过好几遍，每次总听得前后左右的观众哭的哭，啼的啼。我不常看电影，但是也常听到看过电影的朋友回来报告说："今天片子真好，许多人都淌了眼泪。"我不敢很武断地说某一种文学一定比某一种价值高，但是我觉得把《茶花女》《少奶奶的扇子》之类的作品摆在《李尔王》或《麦克白》之上，至少是可以引起疑问。就是拿同一个作者的作品来说，《少年维特之烦恼》叫人流泪的可能无疑地比《浮士德》强，但是它们的价值高低决不能和叫人流泪的可能成正比例。英国诗人华兹华斯在一首诗里说过："最微小的花对于我可以引起不能用泪表达得出的那么深的思致。"用泪表达得出的思致和情感原来不是最深的，文学里面原来还有超过叫人流泪的境界。

最后，读文学作品何以就至于流泪，也很值得研究。你是为文学作品而流泪呢？还是为它所写的悲惨情境而流泪呢？换句话说，你的泪是艺术欣赏者的欢欣的泪呢？还是实际人对于实际悲痛的"同情之泪"呢？一般人读文学作品而流泪大半是后一种。他们生性爱感伤，文学让他们过一会瘾，他们所得的快感正犹如抽烟打吗啡针所给的快感一样，根本算不得美感。作者要产生这种快感也并非难事。在作品里多放些引起悲痛的刺激剂，就行了。

眼泪是容易淌的，创造作品和欣赏作品却是难事，我想，作者们少流一些眼泪，或许可以多写一些真正伟大的作品；读者们少流一些眼泪，也或许可以多欣赏一些真正伟大的作品。

（载《大众知识》第 1 卷第 7 期，1937 年 1 月）

精进的程序

　　文学是一种很艰难的艺术，从初学到成家，中间须经过若干步骤，学者必须循序渐进，不可一蹴而就。拿一个比较浅而易见的比喻来讲，作文有如写字。在初学时，笔拿不稳，手腕运用不能自如，所以结体不能端正匀称，用笔不能平实遒劲，字常是歪的，笔锋常是笨拙扭曲的。这可以说是"疵境"。特色是驳杂不稳，纵然一幅之内间或有一两个字写得好，一个字之内间或有一两笔写得好，但就全体看去，毛病很多。每个人写字都不免要经过这个阶段。如果他略有天资，用力勤，多看碑帖笔迹（多临摹，多向书家请教），他对于结体用笔，分行布白，可以学得一些规模法度，手腕运用的比较灵活了，就可以写出无大毛病、看得过去的字。这可以说是"稳境"，特色是平正工稳，合于规模法度，却没有什么精彩，没有什么独创。多数人不把书法当作一种艺术去研究，只把它当作日常应用的工具，就可以到此为止。如果想再进一步，就须再加揣摩，真草隶篆各体都须尝试一下，各时代的碑版帖札须多读多临，然后荟萃各家各体的长处，造成自家所特有的风格，写成的字可以算得艺术作品，或奇或正，或瘦或肥，都可以说得上"美"。这可以说是"醇境"，特色是凝练典雅，极人工之能事，包世臣和康有为所称的"能品""佳品"都属于这一境。但是这仍不是极境，因为它还不能完全脱离"匠"的范围，任何人只要一下功夫，到功夫成熟了，都可以达到。最高的是"化境"，不但字的艺术成熟了，而且胸襟学问的修养也成熟了，成熟的艺术修养与成熟的胸襟学问的修养融成一片，于是字不但可以见出驯熟的手腕，还可以表现高超的人格；悲欢离合的情调，山川风云的姿态，哲学宗教的蕴藉，都可以在无形中流露于字里行间，增加字的韵味。这是包世臣和康有为所称的"神品""妙品"，这种极境只有极少数幸运者才能达到。

　　作文正如写字。用字像用笔，造句像结体，布局像分行布白。习作就是临摹，读前人的作品有如看碑帖墨迹，进益的程序也可以分"疵""稳""醇""化"四境。这中间有天资和人力两个要素，有不能纯借天资达到的，也有不能纯借人力达到的。人力不可少，否则始终不能达到"稳境"和"醇境"；天资更不可少，否则达到"稳境"和"醇境"有缓有速，"化境"却永远无法望尘。在"稳境"和"醇境"，我们可以纯粹就艺术而言艺术，可以借规模法度作前进的导引；在"化境"，我们就要超出艺术范围而推广到整个人的人格以至于整个的宇宙，规模法度有时失其约束的作用，自然和艺术的对峙也不存在。如果举实例来说，在中国文字中，言情文如屈原的《离骚》，陶渊明和杜工部的诗，说理文如庄子的《逍遥游》《齐物论》和《楞严经》，记事文如太史公的《项羽本纪》《货殖传》和《红楼梦》之类作品都可以说是到了"化境"，其余许多名家大半止于"醇境"或是介于"化境"与"醇境"之间，至于"稳境"和"疵境"都无用举例，你我就大概都在这两个境界中徘徊。

一个人到了艺术较高的境界，关于艺术的原理法则无用说也无可说；有可说而且需要说的是在"疵境"与"稳境"。从前古文家有奉"义法"为金科玉律的，也有攻击"义法"论调的。在我个人看，拿"义法"来绳"化境"的文字，固近于痴人说梦；如果以为学文艺始终可以不讲"义法"，就未免更误事。记得我有一次和沈尹默先生谈写字，他说："书家和善书者有分别，世间尽管有人不讲规模法度而仍善书，但是没有规模法度就不能成为一个真正的书家。"沈先生自己是"书家"，站在书家的立场他拥护规模法度，可是仍为"善书者"留余地，许他们不要规模法度。这是他的礼貌。我很怀疑"善书者"可以不经过揣摩规模法度的阶段。我个人有一个苦痛的经验。我虽然没有正式下功夫写过字，可是二三十年来没有一天不在执笔乱写，我原来也相信此事可以全凭自己的心裁，苏东坡所谓"我书意造本无法"，但是于今我正式留意书法，才觉得自己的字太恶劣，写过几十年的字，一横还拖不平，一竖还拉不直，还是未脱"疵境"。我的病根就在从头就没有讲一点规模法度，努力把一个字写得四平八稳。我误在忽视基本功夫，只求要一点聪明，卖弄一点笔姿，流露一点风趣。我现在才觉悟"稳境"虽平淡无奇，却极不易做到，而且不经过"稳境"，较高的境界便无从达到。文章的道理也是如此，韩昌黎所谓"醇而后肆"是作文必循的程序。由"疵境"到"稳境"那一个阶段最需要下功夫学规模法度，小心谨慎地把字用得恰当，把句造得通顺，把层次安排得妥帖，我作文比写字所受的训练较结实，至今我还在基本功夫上着意，除非精力不济，注意力松懈时，我必尽力求稳。

稳不能离规模法度。这可分两层说，一是抽象的，一是具体的。抽象的是文法、逻辑以及古文家所谓"义法"，西方人所谓文学理论和文学批评。在这上面再加上一点心理学和修辞学常识，就可以对付了。抽象的原则和理论本身并没有多大功用，它的唯一的功用在帮助我们分析和了解作品。具体的规模法度须在模范作品中去找。文法、逻辑、义法等等在具体实例中揣摩，也比较更彰明较著。从前人说："熟读唐诗三百首，不会吟诗也会吟"，语调虽卑，却是经验之谈。为初学说法，模范作品在精不在多，精选熟读透懂，短文数十篇，长著三数种，便已可以作为达到"稳境"的基础。读每篇文字须在命意、用字、造句和布局各方面揣摩；字、句、局三项都有声义两方面，义固重要，声音节奏更不可忽略。既叫做模范，自己下笔时就要如写字临帖一样，亦步亦趋地模仿它。我们不必唱高调轻视模仿，古今大艺术家，据我所知，没有不经过一个模仿阶段的。第一步模仿，可得规模法度，第二步才能集合诸家的长处，加以变化，造成自家所特有的风格。

练习作文，一要不怕模仿，二要不怕修改。多修改，思致愈深入，下笔愈稳妥。自己能看出自己的毛病才算有进步。严格地说，自己要说的话是否从心所欲地说出，只有自己知道，如果有毛病，也只有自己知道最清楚，所以文章请旁人修改不是一件很合理的事。丁敬礼向曹子建说："文之佳恶，吾自得之，后世谁相知定吾文者耶？"杜工部也说："文章千古事，得失寸心知。"大约文章要做得好，必须经过一番只有自己知道的辛苦，同时必有极谨严的艺术良心，肯严厉地批评自己，虽微疵小失，不肯轻易放过，须把它修到无疵可指，才能安心。不过这番话对于未脱"疵境"的作者恐未免是高调。据我的观察，写作训练欠缺者通常有两种毛病：第一是对于命意用字造句布局没有经验，规模法度不清楚，自己的毛病自己不能看出，明明是不通不妥，自己却以为通妥；其次是容易受虚荣心和兴奋热烈时的幻觉支配，对自己不能作客观的冷静批评，仿佛以为在写的时候既很兴高采烈，那作品就一定是杰作，足以自豪。只有良师益友，才可以医治这两种毛病。所以初学作文的人最好能虚心接受旁人的批评，多请比自己高明的人修改。如果修改的人肯仔细指出毛病，说出应修改的理由，那就可以产生更大的益处。作文如写字，养成纯正的手法不易，丢开恶劣的手法更难。孤陋寡闻的人往往辛苦半生，没有摸上正路，到发现自己所走的路不对时，已悔之太晚，想把"先入为主"的恶习丢开，比走回头路还更难更冤枉。良师益友可以及早指点迷途，引上最平正的路，免得浪费精力。

　　自己须经过一番揣摩，同时又须有师友指导，一个作者才可以逐渐由"疵境"达到"稳境"。"稳境"是不易达到的境界，却也是平庸的境界。我认识许多前一辈子的人，幼年经过科举的训练，后来借文字"混差事"，对于诗文字画，件件都会，件件都很平稳，可是老是那样四平八稳，没有一点精彩，不是"庸"，就是"俗"，虽是天天在弄那些玩意，却到老没有进步。他们的毛病在成立了一种定型，便老守着那种定型，不求变化。一稳就定，一定就一成不变，由熟以至于滥，至于滑。要想免去这些毛病，必须由稳境重新尝试另一风格。如果太熟，无妨学生硬；如果太平易，无妨学艰深；如果太偏于阴柔，无妨学阳刚。在这样变化已成风格时，我们很可能地回到另一种"疵境"，再由这种"疵境"进到"熟境"，如此辗转下去，境界才能逐渐扩大，技巧才能逐渐成熟，所谓"醇境"大半都须经过这种"精钢百炼"的功夫才能达到。比如写字，入手习帖的人易于达到"稳境"，可是不易达到很高的境界。稳之后改习唐碑可以更稳，再陆续揣摩六朝碑版和汉隶秦篆以至于金文甲骨文，如果天资人才都没有欠缺，就必定有"大成"的一日。

这一切都是"匠"的范围以内的事，西文所谓"手艺"（craftsmanship）。要达到只有大艺术家所能达到的"化境"，那就还要在人品学问各方面另下一套更重要的功夫。我已经说过，这是不能谈而且也无用谈的。本文只为初学说法，所以陈义不高，只劝人从基本功夫下手，脚踏实地循序渐进地做下去。

文学与人生

文学是以语言文字为媒介的艺术。就其为艺术而言，它与音乐图画雕刻及一切号称艺术的制作有共同性：作者对于人生世相都必有一种独到的新鲜的观感，而这种观感都必有一种独到的新鲜的表现；这观感与表现即内容与形式，必须打成一片，融合无间，成为一种有生命的和谐的整体，能使观者由玩索而生欣喜。达到这种境界，作品才算是"美"。美是文学与其他艺术所必具的特质。就其以语言文字为媒介而言，文学所用的工具就是我们日常运思说话所用的工具，无待外求，不像形色之于图画雕刻，乐声之于音乐。每个人不都能运用形色或音调，可是每个人只要能说话就能运用语言，只要能识字就能运用文字。语言文字是每个人表现情感思想的一套随身法宝，它与情感思想有最直接的关系。因为这个缘故，文学是一般人接近艺术的一条最直截简便的路；也因为这个缘故，文学是一种与人生最密切相关的艺术。

我们把语言文字联在一起说，是就文化现阶段的实况而言，其实在演化程序上，先有口说的语言而后有手写的文字，写的文字与

说的语言在时间上的距离可以有数千年乃至数万年之久，到现在世间还有许多民族只有语言而无文字。远在文字未产生以前，人类就有语言，有了语言就有文学。文学是最原始的也是最普遍的一种艺术。在原始民族中，人人都欢喜唱歌，都欢喜讲故事，都欢喜戏拟人物的动作和姿态。这就是诗歌、小说和戏剧的起源。于今仍在世间流传的许多古代名著，像中国的《诗经》，希腊的荷马史诗，欧洲中世纪的民歌和英雄传说，原先都由口头传诵，后来才被人用文字写下来。在口头传诵的时期，文学大半是全民众的集体创作。一首歌或是一篇故事先由一部分人倡始，一部分人随和，后来一传十，十传百，辗转相传，每个传播的人都贡献一点心裁把原文加以润色或增损。我们可以说，文学作品在原始社会中没有固定的著作权，它是流动的，生生不息的，集腋成裘的。它的传播期就是它的生长期，

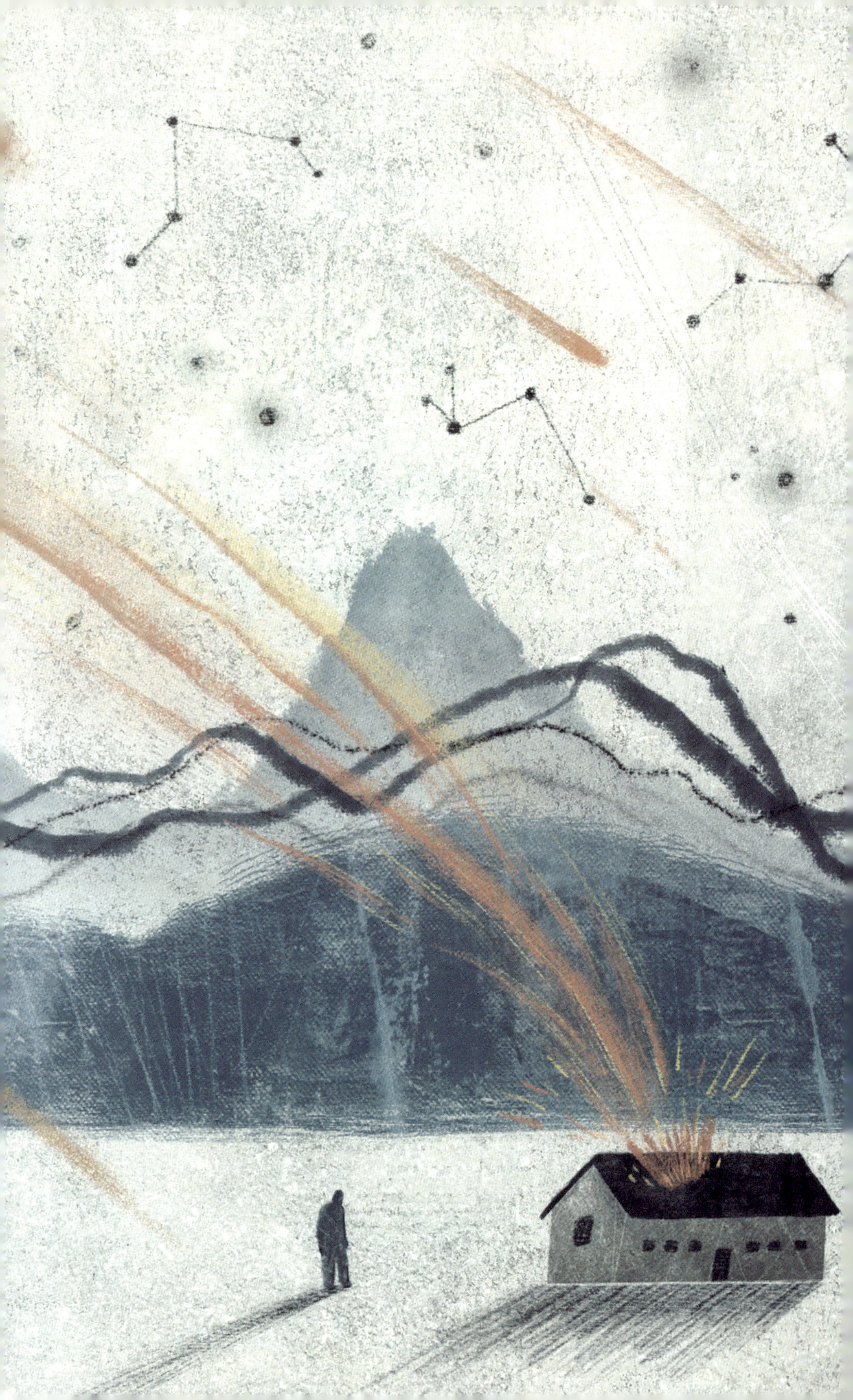

它的欣赏者也就是它的创作者。这种文学作品最能表现一个全社会的人生观感，所以从前关心政教的人要在民俗歌谣中窥探民风国运，采风观乐在春秋时还是一个重要的政典。我们还可以进一步说，原始社会的文字就几乎等于它的文化；它的历史、政治、宗教、哲学等等都反映在它的诗歌、神话和传说里面。希腊的神话史诗，中世纪的民歌传说以及近代中国边疆民族的歌谣、神话和民间的故事都可以为证。

　　口传的文学变成文字写定的文学，从一方面看，这是一个大进步，因为作品可以不纯由记忆保存，也不纯由口诵流传，它的影响可以扩充到更久更远。但从另一方面看，这种变迁也是文学的一个厄运，因为识字另需一番教育，文学既由文字保存和流传，文字便成为一种障碍，不识字的人便无从创造或欣赏文学，文学便变成一个特殊阶级的专利品。文人成了一个特殊阶级，而这阶级化又随社会演进而日趋尖锐，文学就逐渐和全民众疏远。这种变迁的坏影响很多，第一，文学既与全民众疏远，就不能表现全民众的精神和意识，也就不能从全民众的生活中吸收力量与滋养，它就不免由窄狭化而传统化、形式化、僵硬化。其次，它既成为一个特殊阶级的兴趣，它的影响也就限于那个特殊阶级，不能普及于一般人，与一般人的生活不发生密切关系，于是一般人就把它认为无足轻重。文学在文化现阶段中几已成为一种奢侈，而不是生活的必需。在最初，凡是能运用语言的人都爱好文学；后来文字产生，只有识字的人才能爱好文学；现在连识字的人也大半不能爱好文学，甚至有一部分鄙视或仇视文学，说它的影响不健康或根本无用。在这种情形之下，一个人要郑重其事地来谈文学，难免有几分心虚胆怯，他至少须说出一点理由来辩护他的不合时宜的举动。这篇开场白就是替以后陆续发表的十几篇谈文学的文章作一个辩护。

先谈文学有用无用问题。一般人嫌文学无用，近代有一批主张"为文艺而文艺"的人却以为文学的妙处正在它无用。它和其他艺术一样，是人类超脱自然需要的束缚而发出的自由活动。比如说，茶壶有用，因能盛茶，是壶就可以盛茶，不管它是泥的瓦的扁的圆的，自然需要止于此。但是人不以此为满足，制壶不但要能盛茶，还要能娱目赏心，于是在质料、式样、颜色上费尽机巧以求美观。就浅狭的功利主义看，这种功夫是多余的，无用的；但是超出功利观点来看，它是人自作主宰的活动。人不惮烦要做这种无用的自由活动，才显得人是自家的主宰，有他的尊严，不只是受自然驱遣的奴隶；也才显得他有一片高尚的向上心。要胜过自然，要弥补自然的缺陷，使不完美的成为完美。文学也是如此。它起于实用，要把自己所感的说给旁人知道；但是它超过实用，要找好话说，要把话说的好，使旁人在话的内容和形式上同时得到愉快。文学所以高贵，值得我们费力探讨，也就在此。

这种"为文艺而文艺"的看法确有一番正当道理，我们不应该以浅狭的功利主义去估定文学的身价。但是我以为我们纵然退一步想，文学也不能说是完全无用。人之所以为人，不只因为他有情感思想，尤在他能以语言文字表现情感思想。试假想人类根本没有语言文字，像牛羊犬马一样，人类能否有那样灿烂的文化？文化可以说大半是语言文字的产品。有了语言文字，许多崇高的思想，许多微妙的情境，许多可歌可泣的事迹才能那样流传广播，由一个心灵出发，去感动无数的心灵，去启发无数心灵的创作。这感动和启发的力量大小与久暂，就看语言文字运用的好坏。在数千载之下，《左传》《史记》所写的人物事迹还能活现在我们眼前，若没有左丘明、司马迁的那种生动的文笔，这事如何能做到？在数千载之下，柏拉图的《对话集》所表现的思想对于我们还是那么亲切有趣，若没有柏拉图的那种深入而浅出的文笔，这事又如何能做到？从前也许有许多值得流传的思想与行迹，因为没有遇到文人的点染，就湮没无闻了。我们自己不时常感觉到心里有话要说而不出的苦楚么？孔子说得好："言之无文，行之不远。"单是"行远"这一个功用就深广不可思议。

柏拉图、卢梭、托尔斯泰和程伊川都曾怀疑到文学的影响，以为它是不道德的或是不健康的。世间有一部分文学作品确有这种毛病，本无可讳言，但是因噎不能废食，我们只能归咎于作品不完美，不能断定文学本身必有罪过。从纯文艺观点看，在创作与欣赏的聚精会神的状态中，心无旁涉，道德的问题自无从闯入意识阈。纵然离开美感态度来估定文学在实际人生中的价值，文艺的影响也决不会是不道德的，而且一个人如果有纯正的文艺修养，他在文艺方面所受的道德影响可以比任何其他体验与教训的影响更较深广。"道德的"与"健全的"原无二义。健全的人生理想是人性的多方面的谐和的发展，没有残废也没有臃肿。譬如草木，在风调雨顺的环境之下，它的一般生机总是欣欣向荣，长得枝条茂畅，花叶扶疏。情感思想便是人的生机，生来就需要宣泄生长，发芽开花。有情感思想而不能表现，生机便遭窒塞残损，好比一株发育不完全而呈病态的花草。文艺是情感思想的表现，也就是生机的发展，所以要完全实现人生，离开文艺决不成。世间有许多对文艺不感兴趣的人干枯浊俗，生趣索然，其实都是一些精神方面的残废人，或是本来生机就不畅旺，或是有畅旺的生机因为窒塞而受摧残。如果一种道德观要养成精神上的残废人，它的本身就是不道德的。

表现在人生中不是奢侈而是需要，有表现才能有生展，文艺表现情感思想，同时也就滋养情感思想使它生展。人都知道文艺是"怡情养性"的。请仔细玩索"怡养"两字的意味！性情在怡养的状态中，它必是健旺的、生发的、快乐的。这"怡养"两字却不容易做到，在这纷纭扰攘的世界中，我们大部分时间与精力都费在解决实际生活问题，奔波劳碌，很机械地随着疾行车流转，一日之中能有几许时刻回想到自己有性情？还论怡养！凡是文艺都是根据现实世界而铸成另一超现实的意象世界，所以它一方面是现实人生的反照，一方面也是现实人生的超脱。在让性情怡养在文艺的甘泉时，我们霎时间脱去尘劳，得到精神的解放，心灵如鱼得水地徜徉自乐；或是用另一个比喻来说，在干燥闷热的沙漠里走得很疲劳之后，在清泉里洗一个澡，绿树阴下歇一会儿凉。世间许多人在劳苦里打翻转，在罪孽里打翻转，俗不可耐，苦不可耐，原因只在洗澡歇凉的机会太少。

从前中国文人有"文以载道"的说法，后来有人嫌这看法的道学气太重，把"诗言志"一句老话抬出来，以为文学的功用只在言志；释志为"心之所之"，因此言志包含表现一切心灵活动在内。

文学理论家于是分文学为"载道""言志"两派，仿佛以为这两派是两极端，绝不相容——"载道"是"为道德教训而文艺"，"言志"是"为文艺而文艺"。其实这个问题的关键全在"道"字如何解释。如果释"道"为狭义的道德教训，载道显然就小看了文学。文学没有义务要变成劝世文或是修身科的高头讲章。如果释"道"为人生世相的道理，文学就决不能离开"道"，"道"就是文学的真实性。志为心之所之，也就要合乎"道"，情感思想的真实本身就是"道"，所以"言志"即"载道"，根本不是两回事，哲学科学所谈的是"道"，文艺所谈的仍是"道"，所不同者哲学科学的道理是抽象的，是从人生世相中抽绎出来的，好比从盐水中提出来的盐；文艺的道是具体的，是含蕴在人生世相中的，好比盐溶于水，饮者知咸，却不辨何者为盐，何者为水。用另一个比喻来说，哲学科学的道是客观的、冷的、有精气而无血肉的；文艺的道是主观的、热的，通过作者的情感与人格的渗沥，精气和血肉凝成完整生命的。换句话说，文艺的"道"与作者的"志"融为一体。

我常感觉到，与其说"文以载道"，不如说"因文证道"。《楞严经》记载佛有一次问他的门徒从何种方便之门，发菩提心，证圆通道。几十个菩萨罗汉轮次起答，有人说从声音，有人说从颜色，有人说从香味，大家共说出二十五个法门（六根、六尘、六识、七大，每一项都可成为证道之门）。读到这段文章，我心里起了一个幻想，假如我当时在座，轮到我起立作答时，我一定说我的方便之门是文艺。我不敢说我证了道，可是从文艺的玩索，我窥见了道的一斑。文艺到了最高的境界，从理智方面说，对于人生世相必有深广的观照与彻底的了解，如阿波罗凭高远眺，华严世界尽成明镜里的光影，大有佛家所谓万法皆空，空而不空的景象；从情感方面说，对于人世悲欢好丑必有平等的真挚的同情，冲突化除后的谐和，不沾小我利害的超脱，高等的幽默与高等的严肃，成为相反者之同一。柏格森说世界时时刻刻在创化中，这好比一个无始无终的河流，孔子所看到的"逝者如斯夫，不舍昼夜"，希腊哲人所看到的"濯足清流，抽足再入，已非前水"，所以时时刻刻有它的无穷的兴趣。抓住某一时刻的新鲜景象与兴趣而给以永恒的表现，这是文艺。一个对于文艺有修养的人决不感觉到世界的干枯或人生的苦闷。他自己有表现的能力固然很好，纵然不能，他也有一双慧眼看世界，整个世界的动态便成为他的诗，他的图画，他的戏剧，让他的性情在其中"怡养"。到了这种境界，人生便经过了艺术化，而身历其境的人，在我想，可以算是一个有"道"之士。从事于文艺的人不一定都能达到这个境界，但是它究竟不失为一个崇高的理想，值得追求，而且在努力修养之后，可以追求得到。

诗于刹那见终古

诗可以在无数心灵中继续复现,虽复现而却不落于陈腐,因为它能够在每个欣赏者的当时当境的特殊性格与情趣中吸取新鲜生命。
诗的境界在刹那中见终古,在微尘中显大千,在有限中寓无限。

诗的境界

——情趣与意象

像一般艺术一样,诗是人生世相的返照。人生世相本来是混整的,常住永在而又变动不居的。诗并不能把这漠无边际的混整体抄袭过来,或是像柏拉图所说的"模仿"过来。诗对于人生世相必有取舍,有剪裁,有取舍剪裁就必有创造,必有作者的性格和情趣的浸润渗透。诗必有所本,本于自然;亦必有所创,创为艺术。自然与艺术媾合,结果乃在实际的人生世相之上,另建立一个宇宙,正犹如织丝缕为锦绣,凿顽石为雕刻,非全是空中楼阁,亦非全是依样画葫芦。诗与实际的人生世相之关系,妙处惟在不即不离。唯其"不离",所以有真实感;唯其"不即",所以新鲜有趣。"超以象外,得其圜中",二者缺一不可,像司空图所见到的。

每首诗都自成一种境界。无论是作者或是读者,在心领神会一首好诗时,都必有一幅画境或是一幕戏景,很新鲜生动地突现于眼前,使他神魂为之钩摄,若惊若喜,霎时无暇旁顾,仿佛这小天地中有独立自足之乐,此外偌大乾坤宇宙,以及个人生活中一切憎爱悲喜,都像在这霎时间烟消云散去了。纯粹的诗的心境是凝神注视,纯粹的诗的心所观境是孤立绝缘。心与其所观境如鱼戏水，合无间。姑任举二短诗为例：

> 君家何处住，妾住在横塘。停船暂相问，或恐是同乡。
> ——崔颢《长干行》

> 空山不见人，但闻人语响。返景入深林，复照青苔上。
> ——王维《鹿柴》

这两首诗都俨然是戏景，是画境。它们都是从混整的悠久而流动的人生世相中摄取来的一刹那，一片段。本是一刹那，艺术灌注了生命给它，它便成为终古，诗人在一刹那中所心领神会的，便获得一种超时间性的生命，使天下后世人能不断地去心领神会。本是一片段，艺术予以完整的形象，它便成为一种独立自足的小天地，超出空间性而同时在无数心领神会者的心中显现形象。囿于时空的现象（即实际的人生世相）本皆一纵即逝，于理不可复现，像古希腊哲人所说的："濯足急流，抽足再入，已非前水。"它是有限的，常变的，转瞬即化为陈腐的。诗的境界是理想境界，是从时间与空间中执着一微点而加以永恒化与普遍化。它可以在无数心灵中继续复现，虽复现而却不落于陈腐，因为它能够在每个欣赏者的当时当境的特殊性格与情趣中吸取新鲜生命。诗的境界在刹那中见终古，在微尘中显大千，在有限中寓无限。

从前诗话家常拈出一两个字来称呼诗的这种独立自足的小天

地。严沧浪所说的"兴趣",王渔洋所说的"神韵",袁简斋所说的"性灵",都只能得其片面。王静安标举"境界"二字,似较概括,这里就采用它。

一 诗与直觉

无论是欣赏或是创造,都必须见到一种诗的境界。这里"见"字最紧要。凡所见皆成境界,但不必全是诗的境界。一种境界是否能成为诗的境界,全靠"见"的作用如何。要产生诗的境界,"见"必须具备两个重要条件。

第一,诗的"见"必为"直觉"(intuition)。有"见"即有"觉",觉可为"直觉",亦可为"知觉"(perception)。直觉得对于个别事物的知(knowledge of individual things),"知觉"得对于诸事物中关系的知(knowledge of the relations between things),亦称"名理的知"(参看克罗齐《美学》第一章)。例如看见一株梅花,你觉得"这是梅花""它是冬天开花的木本植物""它的花香,可以摘来插瓶或送人"等等。你所觉到的是梅花与其他事物的关系,这就是它的"意义"。意义都从关系见出,了解意义的知都是"名理的知",都可用"A为B"公式表出,认识A为B,便是知觉A,便是把所觉对象A归纳到一个概念B里去。就名理的知而言,A自身无意义,必须与B、C等生关系,才有意义,我们的注意不能在A本身停住,必须把A当作一块踏脚石,跳到与A有关系的事物B、C等等上去。但是所觉对象除开它的意义之外,尚有它本身形象。

在凝神注视梅花时，你可以把全副精神专注在它本身形象，如像注视一幅梅花画似的，无暇思索它的意义或是它与其他事物的关系。这时你仍有所觉，就是梅花本身形象（form）在你心中所现的"意象"（image）。这种"觉"就是克罗齐所说的"直觉"。

诗的境界是用"直觉"见出来的，它是"直觉的知"的内容而不是"名理的知"的内容。比如说读上面所引的崔颢《长干行》，你必须有一顷刻中把它所写的情境看成一幅新鲜的图画，或是一幕生动的戏剧，让它笼罩住你的意识全部，使你聚精会神地观赏它，玩味它，以至于把它以外的一切事物都暂时忘去。在这一顷刻中你不能同时起"它是一首唐人五绝""它用平声韵""横塘是某处地名""我自己曾经被一位不相识的人认为同乡"之类的联想。这些

联想一发生，你立刻就从诗的境界迁到名理世界和实际世界了。

这番话并非否认思考和联想对于诗的重要。作诗和读诗，都必用思考，都必起联想，甚至于思考愈周密，诗的境界愈深刻；联想愈丰富，诗的境界愈美备。但是在用思考起联想时，你的心思在旁驰博骛，决不能同时直觉到完整的诗的境界。思想与联想只是一种酝酿工作。直觉的知常进为名理的知，名理的知亦可酿成直觉的知，但决不能同时进行，因为心本无二用，而直觉的特色尤在凝神注视。读一首诗和作一首诗都常须经过艰苦思索，思索之后，一旦豁然贯通，全诗的境界于是像灵光一现似的突然现在眼前，使人心旷神怡，忘怀一切，这种现象通常人称为"灵感"。诗的境界的突现都起于灵感。灵感亦并无若何神秘，它就是直觉，就是"想象"（imagination，原谓意象的形成），也就是禅家所谓"悟"。

一个境界如果不能在直觉中成为一个独立自足的意象，那就还没有完整的形象，就还不成为诗的境界。一首诗如果不能令人当作一个独立自足的意象看，那还有芜杂凑塞或空虚的毛病，不能算是好诗。古典派学者向来主张艺术须有"整一"（unity），实在有一个深理在里面，就是要使在读者心中能成为一种完整的独立自足的境界。

二 意象与情趣的契合

要产生诗的境界，"见"所须具的第二个条件是所见意象必恰能表现一种情趣，"见"为"见者"的主动，不纯粹是被动的接收。所见对象本为生糙零乱的材料，经"见"才具有它的特殊形象，所以"见"都含有创造性。比如天上的北斗星本为七个错乱的光点，和它们邻近星都是一样，但是现于见者心中的则为像斗的一个完整的形象。这形象是"见"的活动所赐予那七颗乱点的。仔细分析，凡所见物的形象都有几分是"见"所创造的。凡"见"都带有创造性，"见"为直觉时尤其是如此。凝神观照之际，心中只有一个完整的孤立的意象，一无比较，无分析，无旁涉，结果常致物我由两忘而同一，我的情趣与物的意态遂往复交流，不知不觉之中人情与物理互相渗透。比如注视一座高山，我们仿佛觉得它从平地耸立起，挺着一个雄伟峭拔的身躯，在那里很镇静地庄严地俯视一切。同时，我们也不知不觉地肃然起敬，竖起头脑，挺起腰杆，仿佛在模仿山的那副雄伟峭拔的神气。前一种现象是以人情衡物理，美学家称为"移情作用"（empathy），后一种现象是以物理移人情，美学家称为"内模仿作用"（inner imitation）（参看拙著《文艺心理学》第三、四章）。

　　移情作用是极端的凝神注视的结果，它是否发生以及发生时的深浅程度都随人随时随境而异。直觉有不发生移情作用的，下文当再论及。不过欣赏自然，即在自然中发现诗的境界时，移情作用往往是一个要素。"大地山河以及风云星斗原来都是死板的东西，我们往往觉得它们有情感，有生命，有动作，这都是移情作用的结果。比如云何尝能飞？泉何尝能跃？我们却常说云飞泉跃。山何尝能鸣？谷何尝能应？我们却常说山鸣谷应，诗文的妙处往往都从移情作用得来。例如'菊残犹有傲霜枝'句的'傲'，'云破月来花弄影'句的'来'和'弄'，'数峰清苦，商略黄昏雨'句的'清苦'和'商略','徘徊枝上月,空度可怜宵'句的'徘徊''空度'和'可怜','相看两不厌,惟有敬亭山'句的'相看'和'不厌',都是原文的精彩所在,也都是移情作用的实例"(《文艺心理学》第三章)。

  从移情作用我们可以看出内在的情趣常和外来的意象相融合而互相影响。比如欣赏自然风景,就一方面说,心情随风景千变万化,睹鱼跃鸢飞而欣然自得,闻胡笳暮角则黯然神伤;就另一方面说,风景也随心情而变化生长,心情千变万化,风景也随之千变万化,惜别时蜡烛似乎垂泪,兴到时青山亦觉点头。这两种貌似相反而实相同的现象就是从前人所说的"即景生情,因情生景"。情景相生而且相契合无间,情恰能称景,景也恰能传情,这便是诗的境界。每个诗的境界都必有"情趣"(feeling)和"意象"(image)两个要素。"情趣"简称"情","意象"即是"景"。吾人时时在情趣里过活,却很少能将情趣化为诗,因为情趣是可比喻而不可直接描绘的实感,如果不附丽到具体的意象上去,就根本没有可见的形象。我们抬头一看,或是闭目一想,无数的意象就纷至沓来,其中也只有极少数的偶尔成为诗的意象,因为纷至沓来的意象零乱破碎,不成章法,不具生命,必须有情趣来融化它们,贯注它们,才内有生命,外有完整形象。克罗齐在《美学》里把这个道理说得很清楚:

  艺术把一种情趣寄托在一个意象里,情趣离意象,或是意象离情趣,都不能独立。史诗和抒情诗的分别,戏剧和抒情诗的分别,都是繁琐派学者强为之说,分其所不可分。凡是艺术都是抒情的,都是情感的史诗或剧诗。

这就是说，抒情诗虽以主观的情趣为主，亦不能离意象；史诗和戏剧虽以客观的事迹所生的意象为主，亦不能离情趣。

诗的境界是情景的契合。宇宙中事事物物常在变动生展中，无绝对相同的情趣，亦无绝对相同的景象。情景相生，所以诗的境界是由创造来的，生生不息的。以"景"为天生自在，俯拾即得，对于人人都是一成不变的，这是常识的错误。阿米儿（Amiel）说得好："一片自然风景就是一种心情。"景是各人性格和情趣的返照。情趣不同则景象虽似同而实不同。比如陶潜在"悠然见南山"时，杜甫在见到"造化钟神秀，阴阳割昏晓"时，李白在觉得"相看两不厌，惟有敬亭山"时，辛弃疾在想到"我见青山多妩媚，料青山见我应如是"时，姜夔在见到"数峰清苦，商略黄昏雨"时，都见到山的美。在表面上意象（景）虽似都是山，在实际上却因所贯注的情趣不同，各是一种境界。我们可以说，每人所见到的世界都是他自己所创造的。物的意蕴深浅与人的性分情趣深浅成正比例，深人所见于物者亦深，浅人所见于物者亦浅。诗人与常人的分别就在此。同是一个世界，对于诗人常呈现新鲜有趣的境界，对于常人则永远是那么一个平凡乏味的混乱体。

这个道理也可以适用于诗的欣赏。就见到情景契合境界来说，欣赏与创造并无分别。比如说姜夔的"数峰清苦，商略黄昏雨"一句词含有一个情景契合的境界，他在写这句词时，须先从自然中见到这种意境，感到这种情趣，然后拿这九个字把它传达出来。在见到那种境界时，他必觉得它有趣，在创造也是在欣赏。这九个字本不能算是诗，只是一种符号。如果我不认识这九个字，这句词对于我便无意义，就失其诗的功效。如果它对于我能产生诗的功效，我必须能从这九个字符号中，领略出姜夔原来所见到的境界。在读他的这句词而见到他所见到的境界时，我必须使用心灵综合作用，在欣赏也是在创造。

因为有创造作用，我所见到的意象和所感到的情趣和姜夔所见到和感到的便不能绝对相同，也不能和任何其他读者所见到和感到的绝对相同。每人所能领略到的境界都是性格、情趣和经验的返照，而性格、情趣和经验是彼此不同的，所以无论是欣赏自然风景或是读诗，各人在对象（object）中取得（take）多少，就看他在自我（subject-ego）中能够付与（give）多少，无所付与便不能有所取得。不但如此，同是一首诗，你今天读它所得的和你明天读它所得的也不能完全相同，因为性格、情趣和经验是生生不息的。欣赏一首诗就是再造（recreate）一首诗；每次再造时，都要凭当时当境的整个的情趣和经验做基础，所以每时每境所再造的都必定是一首新鲜的诗。诗与其他艺术都各有物质的和精神的两方面。物质的方面如印成的诗集，它除着受天时和人力的损害以外，大体是固定的。精神的方面就是情景契合的意境，时时刻刻都在"创化"中。创造永不会是复演（repetition），欣赏也永不会是复演。真正的诗的境界是无限的，永远新鲜的。

三 关于诗的境界的几种分别

明白情趣和意象契合的关系，我们就可以讨论关于诗境的几种重要的分别了。

第一个分别就是王国维在《人间词话》里所提出的"隔"与"不隔"的分别,依他说:

> 陶谢之诗不隔,延年则稍隔矣;东坡之诗不隔,山谷则稍隔矣。"池塘生春草""空梁落燕泥"等二句,妙处唯在不隔。词亦如是。即以一人一词论,如欧阳公《少年游·咏春草》上半阕云:"阑干十二独凭春,晴碧远连云。二月三月,千里万里,行色苦愁人。"语语都在目前,便是不隔;至云:"谢家池上,江淹浦畔",则隔矣。白石《翠楼吟》:"此地宜有词仙,拥素云黄鹤,与君游戏。玉梯凝望久,叹芳草,萋萋千里",便是不隔,至"酒祓清愁,花消英气",则隔矣。

他不满意于姜白石,说他"格韵虽高,然如雾里看花,终隔一层"。在这些实例中,他只指出一个前人未曾道破的分别,却没有详细说明理由。依我们看,隔与不隔的分别就从情趣和意象的关系上面见出。情趣与意象恰相熨贴,使人见到意象,便感到情趣,便是不隔。意象模糊零乱或空洞,情趣浅薄或粗疏,不能在读者心中现出明了深刻的境界,便是隔。比如"谢家池上"是用"池塘生春草"的典,"江淹浦畔"是用《别赋》"春草碧色,春水绿波,送君南浦,伤如之何"的典。谢诗江赋原来都不隔,何以入欧词便隔呢?因为"池塘生春草"和"春草碧色"数句都是很具体的意象,都有很新颖的

诗与实际的人生世相之关系，
　　妙处惟在不即不离。

情趣。欧词因春草的联想，就把这些名句硬拉来凑成典故，"谢家池上，江淹浦畔"二句，意象既不明晰，情趣又不真切，所以隔。

王氏论隔与不隔的分别，说隔如"雾里看花"，不隔为"语语都在目前"，似有可商酌处。诗原有偏重"显"与偏重"隐"的两种。法国十九世纪帕尔纳斯派与象征派的争执就在此。帕尔纳斯派力求"显"，如王氏所说的"语语都在目前"，如图画、雕刻。象征派则以过于明显为忌，他们的诗有时正如王氏所谓"隔雾看花"，迷离恍惚，如瓦格纳的音乐。这两派诗虽不同，仍各有隔与不隔之别，仍各有好诗和坏诗。王氏的"语语都在目前"的标准似太偏重"显"。近年来新诗作者与论者，曾经有几度很剧烈地争辩诗是否应一律明显的问题。"显"易流于粗浅，"隐"易流于晦涩，这是大家都看得见的毛病。但是"显"也有不粗浅的，"隐"也有不晦涩的，持门户之见者似乎没有认清这个事实。我们不能希望一切诗都"显"，也不能希望一切诗都"隐"，因为在生理和心理方面，人原来有种种"类型"上的差异。有人接收诗偏重视觉器官，一切要能用眼睛看得见，所以要求诗须"显"，须如造形艺术。也有人接受诗偏重听觉与筋肉感觉，最易受音乐节奏的感动，所以要求诗须"隐"，须如音乐，才富于暗示性。所谓意象，原不必全由视觉产生。各种感觉器官都可以产生意象。不过多数人形成意象，以来自视觉者为最丰富，在欣赏诗或创造诗时，视觉意象也最为重要。因为这个缘故，要求诗须明显的人数占多数。

显则轮廓分明，隐则含蓄深永，功用原来不同。说概括一点，写景诗宜于显，言情诗所托之景虽仍宜于显，而所寓之情则宜于隐。

梅圣俞说诗须"状难写之景，如在目前；含不尽之意，见于言外"，就是看到写景宜显，写情宜隐的道理。写景不宜隐，隐易流于晦；写情不宜显，显易流于浅。谢朓的"馀霞散成绮，澄江静如练"，杜甫的"细雨鱼儿出，微风燕子斜"，以及林逋的"疏影横斜水清浅，暗香浮动月黄昏"诸句，在写景中为绝作，妙处正在能显，如梅圣俞所说的"状难写之景，如在目前"。秦少游的《水龙吟》入首两句"小楼连苑横空，下窥绣毂雕鞍骤"，苏东坡讥他"十三个字只说得一个人骑马楼前过"，它的毛病也就在不显。言情的杰作如古诗"步出城东门，遥望江南路，前日风雪中，故人从此去"；李白的"玉阶生白露，夜久侵罗袜，却下水晶帘，玲珑望秋月"；王昌龄的"奉帚平明金殿开，且将团扇共徘徊。玉颜不及寒鸦色，犹带昭阳日影来"。诸诗妙处亦正在隐，如梅圣俞所说的"含不尽之意，见于言外"。

王氏在《人间词话》里，于隔与不隔之外，又提出"有我之境"与"无我之境"的分别：

> 有有我之境，有无我之境。"泪眼问花花不语，乱红飞过秋千去""可堪孤馆闭春寒，杜鹃声里斜阳暮"，有我之境也；"采菊东篱下，悠然见南山""寒波澹澹起，白鸟悠悠下"，无我之境也。有我之境，以我观物，故物皆著我之色彩；无我之境，以物观物，故不知何者为我，何者为物。……无我之境，人唯于静中得之；有我之境，于由动之静时得之，故一优美，一壮美也。

这里所指出的分别实在是一个很精微的分别。不过从近代美学观点看，王氏所用名词似待商酌。他所谓"以我观物，故物皆著我之色彩"，就是"移情作用"，"泪眼问花花不语"一例可证。移情作用是凝神注视，物我两忘的结果，叔本华所谓"消失自我"。所以王氏所谓"有我之境"其实是"无我之境"（即忘我之境）。他的"无我之境"的实例为"采菊东篱下，悠然见南山""寒波澹澹起，白鸟悠悠下"，都是诗人在冷静中所回味出来的妙境（所谓"于静中得之"），没有经过移情作用，所以实是"有我之境"。与其说"有我之境"与"无我之境"，似不如说"超物之境"和"同物之境"，因为严格地说，诗在任何境界中都必须有我，都必须为自我性格、情趣和经验的返照。"泪眼问花花不语""徘徊枝上月，空度可怜宵""数峰清苦，商略黄昏雨"，都是同物之境。"鸢飞戾天，鱼跃于渊""微雨从东来，好风与之俱""兴阑啼鸟散，坐久落花多"，都是超物之境。

王氏以为"有我之境"（其实是"无我之境"或"同物之境"），比"无我之境"（其实是"有我之境"或"超物之境"）品格较低，他说："古人为词，写有我之境者为多，然未始不能写无我之境，此在豪杰之士能自树立耳。"他没有说明此优于彼的理由。英国文艺批评家罗斯金（Ruskin）主张相同。他诋毁起于移情作用的诗，说它是"情感的错觉"（pathetic fallacy），以为第一流诗人都必能以理智控制情感，只有第二流诗人才为情感所摇动，失去静观的理智，于是以在我的情感误置于外物，使外物呈现一种错误的面目。他说：

> 我们有三种人：一种人见识真确，因为他不生情感，对于他樱草花只是十足的樱草花，因为他不爱它。第二种人见识错误，因为他生情感，对于他樱草花就不是樱草花而是一颗星，一个太阳，一个仙人的护身盾，或是一位遗弃的少女。第三种人见识真确，虽然他也生情感，对于他樱草花永远是它本身那么一件东西，一枝小花，从它的简明的连茎带叶的事实认识出来，不管有多少联想和情绪纷纷围着它。这三种人的身份高低大概可以这样定下：第一种完全不是诗人，第二种是第二流诗人，第三种是第一流诗人。

这番话着重理智控制情感，也只有片面的真理。情感本身自有它的真实性，事物隔着情感的屏障去窥透，自另现一种面目。诗的存在就根据这个基本事实。如依罗斯金说诗的真理（poetic truth）必须同时是科学的真理。这显然是与事实不符的。

依我们看，抽象地定衡量诗的标准总不免有武断的毛病。"同物之境"和"超物之境"各有胜境，不易以一概论优劣。比如陶潜诗"采菊东篱下，悠然见南山"为"超物之境"，"平畴交远风，良苗亦怀新"则为"同物之境"。王维诗"渡头余落日，墟里上孤烟"为"超物之境"，"落日鸟边下，秋原人外闲"则为"同物之境"。它们各有妙处，实不易品定高下。"超物之境"与"同物之境"亦各有深浅雅俗。同为"超物之境"，谢灵运的"林壑敛秋色，云霞收夕霏"，似不如陶潜的"山气日夕佳，飞鸟相与还"，或是王绩的"树树皆秋色，山山尽落晖"。同是'同物之境'，杜甫的"感时花溅泪，恨别鸟惊心"，似不如陶潜的"平畴交远风，良苗亦怀新"，或是姜夔的"数峰清苦，商略黄昏雨"。两种不同的境界都可以有天机，也都可以有人巧。

"同物之境"起于移情作用。移情作用为原始民族与婴儿的心理特色，神话、宗教都是它的产品。论理，古代诗应多"同物之境"，而事实适得其反。在欧洲从十九世纪起，诗中才多移情实例。中国诗在魏晋以前，移情实例极不易寻，到魏晋以后，它才逐渐多起来，尤其是词和律诗中。我们可以说，"同物之境"不是古诗的特色。"同物之境"日多，诗便从浑厚日趋尖新。这似乎是证明"同物之境"品格较低，但是古今各有特长，不必古人都是对的，后人都是错的。"同物之境"在古代所以不多见者，主要原因在古人不很注意自然本身，自然只是作"比""兴"用的，不是值得单独描绘的。"同物之境"是和歌咏自然的诗一齐起来的。诗到以自然本身为吟咏对象，到有"同物之境"，实是一种大解放，我们正不必因其"不古"而轻视它。

附 中西诗在情趣上的比较

诗的情趣随时随地而异，各民族各时代的诗都各有它的特色。拿它们来参观互较是一种很有趣味的研究。我们姑且拿中国诗和西方诗来说，它们在情趣上就有许多的有趣的同点和异点。西方诗和中国诗的情趣都集中于几种普泛的题材，其中最重要者有人伦、自然、宗教和哲学几种。我们现在就依着这个层次来说：

1. 先说人伦。西方关于人伦的诗大半以恋爱为中心。中国诗言爱情的虽然很多，但是没有让爱情把其他人伦抹煞。朋友的交情和君臣的恩谊在西方诗中不甚重要，而在中国诗中则几与爱情占同等位置。把屈原、杜甫、陆游诸人的忠君爱国爱民的情感拿去，他们诗的精华便已剥丧大半。从前注诗注词的人往往在爱情诗上贴上忠君爱国的徽帜，例如毛苌注《诗经》把许多男女相悦的诗看成讽刺时事的。张惠言说温飞卿的《菩萨蛮》十四章为"感士不遇之作"。这种办法固然有些牵强附会。近来人却又另走极端把真正忠君爱国的诗也贴上爱情的徽帜，例如《离骚》《远游》一类的著作竟有人认为是爱情诗，我以为这也未免失之牵强附会。看过西方诗的学者见到爱情在西方诗中那样重要，以为它在中国诗中也应该很重要。他们不知道中西社会情形和伦理思想本来不同。恋爱在从前的中国实在没有现代中国人所想的那样重要。中国叙人伦的诗，通盘计算，关于友朋交谊的比关于男女恋爱的还要多，在许多诗人的集中，赠答酬唱的作品，往往占其大半。苏李、建安七子、李杜、韩孟、苏黄、纳兰成德与顾贞观诸人的交谊古今传为美谈，在西方诗人中为歌德和席勒，华兹华斯与柯勒律治，济慈和雪莱，魏尔伦与冉波诸人虽亦以交谊著称，而他们的集中叙友朋乐趣的诗却极少。

恋爱在中国诗中不如在西方诗中重要，有几层原因。第一，西方社会表面上虽以国家为基础，骨子里却侧重个人主义。爱情在个人生命中最关痛痒，所以尽量发展，以至于掩盖其他人与人的关系。

说尽一个诗人的恋爱史往往就已说尽他的生命史，在近代尤其如此。中国社会表面上虽以家庭为基础，骨子里却侧重兼善主义。文人往往费大半生的光阴于仕宦羁旅，"老妻寄异县"是常事。他们朝夕所接触的不是妇女而是同僚与文字友。

第二，西方受中世纪骑士风的影响，女子地位较高，教育也比较完善，在学问和情趣上往往可以与男子合，在中国得于友朋的乐趣，在西方往往可以得之于妇人女子。中国受儒家思想的影响，女子的地位较低。夫妇恩爱常起于伦理观念，在实际上志同道合的乐趣颇不易得。加以中国社会理想侧重功名事业，"随着四婆裙"在儒家看是一件耻事。

第三，东西恋爱观相差也甚远。西方人重视恋爱，有"恋爱最上"的标语。中国人重视婚姻而轻视恋爱，真正的恋爱往往见于"桑间濮上"。潦倒无聊，悲观厌世的人才肯公然寄情于声色，像隋炀帝、李后主几位风流天子都为世所诟病。我们可以说，西方诗人要在恋爱中实现人生，中国诗人往往只求在恋爱中消遣人生。中国诗人脚踏实地，爱情只是爱情；西方诗人比较能高瞻远瞩，爱情之中都有几分人生哲学和宗教情操。

这并非说中国诗人不能深于情。西方爱情诗大半写于婚媾之前，所以称赞容貌诉申爱慕者最多；中国爱情诗大半写于婚媾之后，所以最佳者往往是惜别悼亡。西方爱情诗最长于"慕"，莎士比亚的十四行体诗，雪莱和白朗宁诸人的短诗是"慕"的胜境；中国爱情诗最善于"怨"，《卷耳》《柏舟》《迢迢牵牛星》，曹丕的《燕歌行》，梁玄帝的《荡妇秋思赋》以及李白的《长相思》《怨情》《春思》诸作是"怨"的胜境。总观全体，我们可以说，西诗以直率胜，中诗以委婉胜；西诗以深刻胜，中诗以微妙胜；西诗以铺陈胜，中诗以简隽胜。

2. 次说自然。在中国和在西方一样，诗人对于自然的爱好都比较晚起。最初的诗都偏重人事，纵使偶尔涉及自然，也不过如最初的画家用山水为人物画的背景，兴趣中心却不在自然本身。《诗经》是最好的例子。"关关雎鸠，在河之洲"只是作"窈窕淑女，君子好逑"的陪衬，"蒹葭苍苍，白露为霜"只是作"所谓伊人，在水一方"的陪衬。自然比较人事广大，兴趣由人也因之得到较深广的意蕴。所以自然情趣的兴起是诗的发达史中一件大事。这件大事在中国起于晋宋之交约当公历纪元后五世纪左右，在西方则起于浪漫运动的初期，在公历纪元后十八世纪左右。所以中国自然诗的发生比西方的要早一千三百年的光景。一般说诗的人颇鄙视六朝，我以为这是一个最大的误解。六朝是中国自然诗发轫的时期，也是中国诗脱离音乐而在文字本身求音乐的时期。从六朝起，中国诗才有音律的专门研究，才创新形式，才寻新情趣，才有较精妍的意象，才吸哲理来扩大诗的内容。就这几层说，六朝可以说是中国诗的浪漫时期，它对于中国诗的重要亦正不让于浪漫运动之于西方诗。

中国自然诗和西方自然诗相比，也像爱情诗一样，一个以委婉、微妙、简隽胜，一个以直率、深刻、铺陈胜。本来自然美有两种，一种是刚性美，一种是柔性美。刚性美如高山、大海、狂风、暴雨、沉寂的夜和无垠的沙漠；柔性美如清风皓月、暗香、疏影、青螺似的山光和媚眼似的湖水。昔人诗有"骏马秋风冀北，杏花春雨江南"

两句可以包括这两种美的胜境。艺术美也有刚柔的分别，姚鼐《复鲁絜非书》已详论过。诗如李杜，词如苏辛，是刚性美的代表；诗如王孟，词如温李，是柔性美的代表。中国诗自身已有刚柔的分别，但是如果拿它来比较西方诗，则又西诗偏于刚，而中诗偏于柔。西方诗人所爱好的自然是大海，是狂风暴雨，是峭崖荒谷，是日景；中国诗人所爱好的自然是明溪疏柳，是微风细雨，是湖光山色，是月景。这当然只就其大概说。西方未尝没有柔性美的诗，中国也未尝没有刚性美的诗，但西方诗的柔和中国诗的刚都不是它们的本色特长。

诗人对于自然的爱好可分三种。最粗浅的是"感官主义"，爱微风以其凉爽，爱花以其气香色美，爱鸟声泉水声以其对于听官愉快，爱青天碧水以其对于视官愉快。这是健全人所本有的倾向，凡是诗人都不免带有几分"感官主义"。近代西方有一派诗人，叫做"颓废派"的，专重这种感官主义，在诗中尽量铺陈声色臭味。这种嗜好往往出于个人的怪癖，不能算诗的上乘。诗人对于自然爱好的第二种起于情趣的默契欣合。"相看两不厌，惟有敬亭山""平畴交远风，良苗亦怀新""万物静观皆自得，四时佳兴与人同"诸诗所表现的态度都属于这一类。这是多数中国诗人对于自然的态度。第三种是泛神主义，把大自然全体看作神灵的表现，在其中看出不可思议的妙谛，觉到超于人而时时在支配人的力量。自然的崇拜于是成为一种宗教，它含有极原始的迷信和极神秘的哲学。这是多数西方诗人对于自然的态度，中国诗人很少有达到这种境界的。陶潜和华兹华斯都是著名的自然诗人，他们的诗有许多相类似。我们拿他们两人来比较，就可以见出中西诗人对于自然的态度大有分别。我们姑拿陶诗《饮酒·其五》为例：

> 采菊东篱下，悠然见南山。山气日夕佳，飞鸟相与还。此中有真意，欲辨已忘言。

从此可知他对于自然，还是取"好读书不求甚解"的态度。他不喜"久在樊笼里"，喜"园林无俗情"，所以居在"方宅十余亩，草屋八九间"的宇宙里，也觉得"称心而言，人亦易足"。他的胸襟这样豁达闲适，所以在"缅然睇曾丘"之际常"欣然有会意"。但是他不"欲辨"，这就是他和华兹华斯及一般西方诗人的最大异点。华兹华斯也讨厌"俗情""爱丘山"，也能乐天知足，但是他是一个沉思者，是一个富于宗教情感者。他自述经验说："最微小的花对于我可以引起不能用泪表达得出的那么深的思致。"他在《听滩寺》诗里又说他觉到有"一种精灵在驱遣一切深思者和一切思想对象，并且在一切事物中运旋"。这种彻悟和这种神秘主义和中国诗人与自然默契相安的态度显然不同。中国诗人在自然中只能听见到自然，西方诗人在自然中往往能见出一种神秘的巨大的力量。

3. 哲学和宗教。中国诗人何以在爱情中只能见到爱情，在自然中只能见到自然，而不能有深一层的彻悟呢？这就不能不归咎于哲学思想的平易和宗教情操的淡薄了。诗虽不是讨论哲学和宣传宗教的工具，但是它的后面如果没有哲学和宗教，就不易达到深广的境界。诗好比一株花，哲学和宗教好比土壤，土壤不肥沃，根就不能深，花就不能茂。西方诗比中国诗深广，就因为它有较深广的哲学和宗教在培养它的根干。没有柏拉图和斯宾诺莎就没有歌德、华兹华斯和雪莱诸人所表现的理想主义和泛神主义；没有宗教就没有希腊的悲剧、但丁的《神曲》和弥尔顿的《失乐园》。中国诗在荒瘦的土壤中居然现出奇葩异彩，固然是一种可惊喜的成绩，但是比较西方诗，终嫌美中有不足。我爱中国诗，我觉得在神韵微妙格调高雅方面往往非西诗所能及，但是说到深广伟大，我终无法为它护短。

就民族性说，中国人颇类似古罗马人，处处都脚踏实地走，偏重实际而不务玄想，所以就哲学说，伦理的信条最发达，而有系统的玄学则寂然无闻；就文学说，关于人事及社会问题的作品最发达，而凭虚结构的作品则寥若晨星。中国民族性是最"实用的"，最"人道的"。它的长处在此，它的短处也在此。它的长处在此，因为以人为本位说，人与人的关系最重要，中国儒家思想偏重人事，涣散的社会居然能享到两千余年的稳定，未始不是它的功劳。它的短处也在此，因为它过重人本主义和现世主义，不能向较高远的地方发空想，所以不能向高远处有所企求。社会既稳定之后，始则不能前进，继则因其不能前进而失其固有的稳定。

我说中国哲学思想平易，也未尝忘记老庄一派的哲学。但是老庄比较儒家固较玄邃，比较西方哲学家，仍是偏重人事。他们很少离开人事而穷究思想的本质和宇宙的来源。他们对于中国诗的影响虽很大，但是因为两层原因，这种影响不完全是可满意的。第一，在哲学上有方法和系统的分析易传授，而主观的妙悟不易传授。老庄哲学都全凭主观的妙悟，未尝如西方哲学家用明了有系统的分析为浅人说法，所以他们的思想传给后人的只是糟粕。老学流为道家言，中国诗与其说是受老庄的影响，不如说是受道家的影响。第二，老庄哲学尚虚无而轻视努力，但是无论是诗或是哲学，如果没有西方人所重视的"坚持的努力"（sustained effort）都不能鞭辟入里。老庄两人自己所造虽深而承其教者却有安于浅的倾向。

我们只要把老庄影响的诗研究一番，就可以见出这个道理。中国诗人大半是儒家出身，陶潜和杜甫是著例。但是有四位大诗人受老庄的影响最深，替儒教化的中国诗特辟一种异境。这就是《离骚》《远游》中的屈原（假定作者是屈原），《咏怀诗》中的阮籍，《游仙诗》中的郭璞，以及《日出入行》《古有所思》和《古风》五十九首中的李白。我们可以把他们统称为"游仙派诗人"。他们所表现的思想如何呢？屈原说：

> 惟天地之无穷兮，哀人生之长勤。往者余弗及兮，来者吾不闻。……漠虚静以恬愉兮，澹无为而自得。闻赤松之清尘兮，愿承风乎遗则。
>
> ——《远游》

阮籍在《咏怀诗》里说：

> 去者余不及，来者吾不留。愿登太华山，上与松子游。

郭璞在《游仙诗》里说：

时变感人思，已秋复愿夏。淮海变微禽，吾生独不化！虽欲腾丹谿，云螭非我驾。

李白在《古风》里说：

黄河走东溟，白日落西海，逝川与流光，飘忽不相待。……君当乘云螭，吸景驻光彩。

这几节诗所表现的态度是一致的，都是想由厌世主义走到超世主义。他们厌世的原因都不外看待世相的无常和人寿的短促。他们超世的方法都是揣摩道家炼丹延年驾鹤升仙的传说。但是这只是一种想望，他们都没有实现仙境，没有享受到他们所想望的极乐。所以屈原说：

高阳邈以远兮，余将焉兮所程？

阮籍说：

采药无旋返，神仙志不符，逼此良可感，令我久踌躇。

郭璞说：

> 虽欲腾丹谿，云螭非我驾。

李白说：

> 我思仙人，乃在碧海之东隅。海寒多天风，白波连山倒蓬壶，长鲸喷涌不可涉，抚心茫茫泪如珠。

他们都是不满意于现世而有所渴求于另一世界。这种渴求颇类西方的宗教情操，照理应该能产生一个很华严灿烂的理想世界来，但是他们的理想都终于"流产"。他们对于现世的悲苦虽然都看得极清楚，而对于另一世界的想象却很模糊。他们的仙境有时在"碧云里"，有时在"碧海之东隅"，有时又在西王母所住的瑶池，据李白的计算，它"去天三百里"。仙境有"上皇"，服侍他的有吹笙的玉童和持芙蓉的灵妃。王乔、安期生、赤松子诸人是仙界的"使徒"。仙境也很珍贵人世所珍贵的繁华，只看"玉杯赐琼浆""但见金银台"，就可以想象仙人的阔绰。仙人也不忘情于云山林泉的美景，所以"青溪千余仞""云生梁栋间""翡翠戏兰苕"都值得流连玩赏。仙人最大的幸福是长寿，郭璞说"千岁方婴孩"，还是太短，李白的仙人却"一餐历万岁"。仙人都有极大的本领，能"囊括大块""吸景驻光彩""挥手折荒木""拂此西日光"。升仙的方法是乘云驾鹤，但有时要采药炼丹，向"真人""长跪问宝诀"。

这种仙界的意象都从老庄虚无主义出发，兼采道家高举遗世的思想。他们不知道后世道家虽托老学以自重，而道家思想和老子哲学实有根本不能相容处。老子以为"人之大患在于有身"，所以持"无欲以观其妙"为处世金针，而道家却拼命求长寿，不能忘怀于琼楼玉宇和玉杯灵液的繁华。超世而不能超欲，这是游仙派诗人的矛盾。他们的矛盾还不仅此，他们表面虽想望超世，而骨子里却仍带有很浓厚的儒家淑世主义的色彩，他们到底还没有丢开中国民族所特具的人道。屈原、阮籍、李白诸人都本有济世忧民的大抱负。阮籍号称猖狂，而在《咏怀诗》中仍有"生命几何时，慷慨各努力"的劝告。李白在《古风》里言志，也说"我志在删述，垂辉映千春"。他们本来都有淑世的志愿，看到世事的艰难和人寿的短促，于是逃到老庄的虚无清静主义，学道家作高举遗世的企图。他们所想望的仙境又渺不可追，"虽欲腾丹谿，云螭非我驾"，仍不免"抚心茫茫泪如珠"，于是又回到人境，尽量求一时的欢乐而寄情于醇酒妇人。"欲远集而无所止兮，聊浮游以逍遥"，在屈原为愤慨之谈，在阮籍和李白便成了涉世的策略。这一派诗人都有日暮途穷无可如何的痛苦。从淑世到厌世，因厌世而求超世，超世不可能，于是又落到玩世，而玩世亦终不能无忧苦。他们一生都在这种矛盾和冲突中徘徊。真正大诗人必从这种矛盾和冲突中徘徊过来，但是也必能战胜这种矛盾和冲突而得到安顿。但丁、莎士比亚和歌德都未尝没有徘徊过，他们所以超过阮籍、李白一派诗人者就在他们得到最后的安顿，而阮李诸人则终止于徘徊。

中国游仙派诗人何以止于徘徊呢？这要归咎于我们在上文所说过的哲学思想的平易和宗教情操的淡薄。哲学思想平易，所以无法在冲突中寻出调和，不能造成一个可以寄托心灵的理想世界。宗教情操淡薄，所以缺乏"坚持的努力"，苟安于现世而无心在理想世界求寄托，求安慰。屈原、阮籍、李白诸人在中国诗人中是比较能抬头向高远处张望的，他们都曾经向中国诗人所不常去的境界去探险，但是民族性的累太重，他们刚飞到半天空就落下地。所以在西方诗人心中的另一世界的渴求能产生《天堂》《失乐园》《浮士德》诸杰作，而在中国诗人心中的另一世界的渴求只能产生《远游》《咏怀诗》《游仙诗》和《古风》一些简单零碎的短诗。

　　老庄和道家学说之外，佛学对于中国诗的影响也很深。可惜这种影响未曾有人仔细研究过。我们首先应注意的一点就是：受佛教影响的中国诗大半只有"禅趣"而无"佛理"。"佛理"是真正的佛家哲学，"禅趣"是和尚们静坐山寺参悟佛理的趣味。佛教从汉朝传入中国，到魏晋以后才见诸吟咏，孙绰《游天台山赋》是其滥觞。晋人中以天分论，陶潜最宜于学佛，所以远公竭力想结交他，邀他入"白莲社"，他以许饮酒为条件，后来又"攒眉而去"，似乎有不屑于佛的神气。但是他听到远公的议论，告诉人说它"令人颇发深省"。当时佛学已盛行，陶潜在无意之中不免受有几分影响。他的《与子俨等疏》中：

> 少学琴书，偶爱闲静，开卷有得，便欣然忘食。见树木交荫，时鸟变声，亦复欢然有喜。尝言五六月中，北窗下卧。遇凉风暂至，自谓是羲皇上人。

一段是参透禅机的话。他的诗描写这种境界的也极多。陶潜以后，中国诗人受佛教影响最深而成就最大的要推谢灵运、王维和苏轼三人。他们的诗专说佛理的极少，但处处都流露一种禅趣。我们细玩他们的全集，才可以得到这么一个总印象。如摘句为例，则谢灵运的"白云抱幽石，绿篠媚清涟""虚馆绝诤讼，空庭来鸟雀"，王维的"兴阑啼鸟散，坐久落花多""倚杖柴门外，临风听暮蝉"和苏轼的"舟行无人岸自移，我卧读书牛不知""敲门都不应，倚杖听江声"诸句的境界都是我所谓"禅趣"。

他们所以有"禅趣"而无"佛理"者固然由于诗本来不宜说理，同时也由于他们所羡慕的不是佛教而是佛教徒。晋以后中国诗人大半都有"方外交"，谢灵运有远公，王维有瑗公和操禅师，苏轼有佛印。他们很羡慕这班高僧的言论风采，常偷"浮生半日闲"到寺里去领略"参禅"的滋味，或是同禅师交换几句趣语。诗境与禅境本来相通，所以诗人和禅师常能默然相契。中国诗人对于自然的嗜好比西方诗要早一千几百年，究其原因，也和佛教有关系。魏晋的僧侣已有择山水胜境筑寺观的风气，最早见到自然美的是僧侣（中国僧侣对于自然的嗜好或受印度僧侣的影响，印度古婆罗门教徒便有隐居山水胜境的风气，《沙恭达那》剧可以为证）。僧侣首先见到自然美，诗人则从他们的"方外交"学得这种新趣味。"禅趣"中最大的成分便是静中所得于自然的妙悟，中国诗人所最得力于佛教者就在此一点。但是他们虽有意"参禅"，却无心"证佛"，要在佛理中求消遣，并不要信奉佛教求彻底了悟，彻底解脱，入山参禅，出山仍然做他们的官，吃他们的酒肉，眷恋他们的妻子。本来佛教的妙义

创造永不会是复演,
欣赏也永不会是复演。

在"不立文字,见性成佛",诗歌到底仍不免是一种尘障。

　　佛教只扩大了中国诗的情趣的根底,并没有扩大它的哲理的根底。中国诗的哲理的根底始终不外儒道两家。佛学为外来哲学,所以能合中国诗人口胃者正因其与道家言在表面上有若干类似。晋以后一般人尝把释道并为一事,以为升仙就是成佛。孙绰的《游天台山赋》和李白的《赠僧崖公》诗都以为佛老原来可以相通,韩愈辟"异端邪说",也把佛老并为一说。老子虽尚虚无而却未明言寂灭。他是一个彻底的个人主义者,《道德经》中大部分是老于世故者的经验之谈,所以后来流为申韩刑名法律的学问,佛则以普济众生为旨。老子主张人类回到原始时代的愚昧,佛教人明心见性,衡以老子的"绝圣弃知"的主旨,则佛亦当在绝弃之列。从此可知老与佛根本不能相容。晋唐人合佛于老,也犹如他们合道于老一样,绝对没有想到这种凑合的矛盾。尤其奇怪的是儒家诗人也往往同时信佛。白居易和元稹本来都是彻底的儒者,而白有"吾学空门不学仙,归则须归兜率天"的话,元在《遣病》诗里也说"况我早师佛,屋宅此身形"。中国人原来有"好信教不求甚解"的习惯,这种马虎妥协的精神本也有它的优点,但是与深邃的哲理和有宗教性的热烈的企求都不相容。中国诗达到幽美的境界而没有达到伟大的境界,也正由于此。

"曲终人不见,江上数峰青"
——答夏丏尊先生

记不清在哪一部书里见过一句关于英国诗人 Keats 的话,大意是说谛视一个佳句像谛视一个爱人似的。这句话很有意思,不过一个佳句往往比一个爱人更可以使人留恋。一个爱人的好处总难免有一日使你感到"山穷水尽",一个佳句的意蕴却永远新鲜,永远带有几分不可捉摸的神秘性。谁不懂得"采菊东篱下,悠然见南山"?但是谁能说,"我看透这两句诗的佳妙了,它在这一点,在那一点,此外便别无所有?"

中国诗中的佳句有好些对于我是若即若离的。风晨雨夕,热闹场,苦恼场,它们常是我的佳侣。我常常嘴里在和人说应酬话,心里还在玩味陶渊明或是李长吉的诗句。它们是那么亲切,但同时又那么辽远!钱起的"曲终人不见,江上数峰青"两句对我也是如此。它在我心里往返起伏也足有廿多年了,许多迷梦都醒了过来,只有它还是那么清新可爱。

这两句诗的佳妙究竟何在呢?我在拙著《谈美》里曾这样说过:

情感是综合的要素，许多本来不相关的意象如果在情感上能调协，便可形成完整的有机体。比如李太白的《长相思》收尾两句"相思黄叶落，白露点青苔"，钱起的《湘灵鼓瑟》收尾两句"曲终人不见，江上数峰青"，温飞卿的《菩萨蛮》前阕"水晶帘里颇黎枕，暖香惹梦鸳鸯锦。江上柳如烟，雁飞残月天"，秦少游的《踏莎行》前阕"雾失楼台，月迷津渡，桃源望断无寻处，可堪孤馆闭春寒，杜鹃声里斜阳暮"，这里加圈的字句所传出的意象都是物景，而这些诗词全体原来都是着重人事。我们仔细玩味这些诗词时，并不觉得人事之中猛然插入物景为不伦不类，反而觉得它们天生成地联络在一起，互相烘托，益见其美，这就由于它们在情感上是谐和的。单拿"曲终人不见，江上数峰青"来说，曲终人杳虽然与江上峰青不相干，但是这两个意象都可以传出一种凄清冷静的情感，所以它们可以调和，如果只说"曲终人不见"而无"江上数峰青"，或是说"江上数峰青"而无"曲终人不见"，意味便索然了。

这是三年前的话，前几天接得丏尊先生的信说："近来颇有志于文章鉴赏法。昨与友人谈起'曲终人不见，江上数峰青'，这两句大家都觉得好。究竟好在何处？有什么理由可说：苦思一夜，未获解答。"

这封信引起我重新思索，觉得在《谈美》里所说的话尚有不圆满处。我始终相信"欣赏一首诗，就是再造一首诗"，各人各时各地的经验，学问和心性不同，对于某一首诗所见到的也自然不能一致。这就是说，欣赏大半是主观的、创造的。我现在姑且把我在此时此地所见到的写下来就正于丐尊先生以及一般爱诗者。

我爱这两句诗，多少是因为它对于我启示了一种哲学的意蕴。"曲终人不见"所表现的是消逝，"江上数峰青"所表现的是永恒。可爱的乐声和奏乐者虽然消逝了，而青山却巍然如旧，永远可以让我们把心情寄托在它上面。人到底是怕凄凉的，要求伴侣的。曲终了，人去了，我们一霎时以前所游目骋怀的世界，猛然间好像从脚底倒塌去了。这是人生最难堪的一件事，但是一转眼间我们看到江上青峰，好像又找到另一个可亲的伴侣，另一个可托足的世界，而且它永远是在那里的。"山穷水尽疑无路，柳暗花明又一村"，此种风味似之。不仅如此，人和曲果真消逝了么；这一曲缠绵悱恻的音乐没有惊动山灵？它没有传出江上青峰的妩媚和严肃？它没有深深地印在这妩媚和严肃里面？反正青山和湘灵的瑟声已发生这么一回的因缘，青山永在，瑟声和鼓瑟的人也就永在了。

写到这里，猛然想起英国诗人华兹华斯的《独刈女》。凑巧得很，这首诗的第二节末二行也把音乐和山水凑在一起，

    Breaking the silence of the seas
    Among the farthest Hebrides.
    传到那顶远顶远的希伯里第司
    打破那群岛中的海面的沉寂。

华兹华斯在游苏格兰西北高原,听到一个孤独的割麦的女郎在唱歌,就作了这首诗。希伯里第司群岛在苏格兰西北海中,离那位女郎唱歌的地方还有很远的路。华兹华斯要传出那歌声的清脆和曼长,于是描写它在很远很远的海面所引起的回声。这两行诗作一气读,而且里面的字大半是开口的长音,读时一定很慢很清脆,恰好借字音来传出那歌声的曼长清脆的意味。我们读这句诗时,印象和读"曲终人不见,江上数峰青"两句诗很相似,都仿佛见到消逝者到底还是永恒。

玩味一首诗,最要紧的是抓住它的情趣。有些诗的情趣是一见就能了然的,有些诗的情趣却迷茫隐约,不易捉摸。本来是愁苦,我们可以误认为快乐,本来是快乐,我们也可以误认为愁苦;本来是诙谐,我们可以误认为沉痛,本来是沉痛,我们也可以误认为诙谐。我从前读"曲终人不见,江上数峰青",以为它所表现的是一种凄凉寂寞的情感,所以把它拿来和"相思黄叶落,白露点青苔""可堪孤馆闭春寒,杜鹃声里斜阳暮"诸例相比。现在我觉得这是大错。如果把这两句诗看成表现凄凉寂寞的情感,那就根本没有见到它的佳妙了。艺术的最高境界都不在热烈。就诗人之所以为人而论,他所感到的欢喜和愁苦也许比常人所感到的更加热烈。就诗人之所以为诗人而论,热烈的欢喜或热烈的愁苦经过诗表现出来以后,都好比黄酒经过长久年代的储藏,失去它的辣性,只剩一味醇朴。我在别的文章里曾经说过这一段话:"懂得这个道理,我们可以明白古希腊人何以把和平静穆看作诗的极境,把诗神阿波罗摆在蔚蓝的山巅,俯瞰众生扰攘,而眉宇间却常如作甜蜜梦,不露一丝被扰动的神色？"这里所谓"静穆"（serenity）自然只是一种最高理想，不是在一般诗里所能找得到的，古希腊——尤其是古希腊的造形艺术——常使我们觉到这种"静穆"的风味。"静穆"是一种豁然大悟，得到归依的心情。它好比低眉默想的观音大士，超一切忧喜，同时你也可说它泯化一切忧喜。这种境界在中国诗里不多见。屈原、阮籍、李白、杜甫都不免有些像金刚怒目，愤愤不平的样子。陶潜浑身是"静穆"，所以他伟大。

如果在"曲终人不见，江上数峰青"两句诗中见出"消逝之中有永恒"的道理，它所表现的情感就决不只是凄凉寂寞，就只有"静穆"两字可形容了。凄凉寂寞的意味固然也还在那里，但是尤其要紧的是那一片得到归依似的愉悦。这两种貌似相反的情趣都沉没在"静穆"的风味里。江上这几排青山和它们所托根的大地不是一切生灵的慈母么？在人的原始意识中大地和慈母是一样亲切的。"来自灰尘，归于灰尘"也还是一种不朽。到了最后，人散了，曲终了，我们还可以寄怀于江上那几排青山，在它们所显示的永恒生命之流里安息。

十月十四日北平

（载《中学生》第 60 期，1935 年 12 月）

空中楼阁
——创造的想象

艺术和游戏都是意造空中楼阁来慰情遣兴。现在我们来研究这种楼阁是如何建筑起来的，这就是说，看看诗人在作诗或是画家在作画时的心理活动到底像什么样。

为说话易于明了起见，我们最好拿一个艺术作品做实例来讲。本来各种艺术都可以供给这种实例，但是能拿真迹摆在我们面前的只有短诗。所以我们姑且选一首短诗，不过心里要记得其他艺术作品的道理也是一样。比如王渔洋所推许为唐人七绝"压卷"作的王昌龄的《长信怨》：

奉帚平明金殿开，暂将团扇共徘徊。
玉颜不及寒鸦色，犹带昭阳日影来。

大家都知道，这首诗的主人是班婕妤。她从失宠于汉成帝之后，谪居长信宫奉侍太后。昭阳殿是汉成帝和赵飞燕住的地方。这首诗是一个具体的艺术作品。王昌龄不曾留下记载来，告诉我们他作时心理历程如何，他也许并没有留意到这种问题。但是我们用心理学的帮助来从文字上分析，也可以想见大概。他作这首诗时有哪些心理的活动呢？

一、他必定使用想象。

什么叫做想象呢？它就是在心里唤起意象。比如看到寒鸦，心中就印下一个寒鸦的影子，知道它像什么样，这种心镜从外物摄来

的影子就是"意象"。意象在脑中留有痕迹，我眼睛看不见寒鸦时仍然可以想到寒鸦像什么样，甚至于你从来没有见过寒鸦，别人描写给你听，说它像什么样，你也可以凑合已有意象推知大概。这种回想或凑合以往意象的心理活动叫做"想象"。

想象有再现的，有创造的。一般的想象大半是再现的。原来从知觉得来的意象如此，回想起来的意象仍然是如此，比如我昨天看见一只鸦，今天回想它的形状，丝毫不用自己的意思去改变它，就是只用再现的想象。艺术作品不能不用再现的想象。比如这首诗里"奉帚""金殿""玉颜""寒鸦""日影""团扇""徘徊"等等，在独立时都只是再现的想象。"团扇"一个意象尤其如此。班婕妤自己在《怨歌行》里已经用过秋天丢开的扇子自比，王昌龄不过是借用这个典故。诗作出来总须旁人能懂得，"懂得"就是能够唤起以往的经验来印证。用以往的经验来印证新经验大半凭借再现的想象。

但是只有再现的想象决不能创造艺术。艺术既是创造的，就要用创造的想象。创造的想象也并非从无中生有，它仍用已有意象，不过把它们加以新配合。王昌龄的《长信怨》精彩全在后两句，这后两句就是用创造的想象做成的。每个人都见过"寒鸦"和"日影"，从来却没有人想到班婕妤的"怨"可以见于带昭阳日影的寒鸦。但是这话一经王昌龄说出，我们就觉得它实在是至情至理。从这个实例看，创造的定义就是：平常的旧材料之不平常的新综合。

王昌龄的题目是《长信怨》。"怨"字是一个抽象的字，他的诗却画出一个如在目前的具体的情境，不言怨而怨自见。艺术不同哲学，它最忌讳抽象。抽象的概念在艺术家的脑里都要先翻译成具体的意象，然后才表现于作品。具体的意象才能引起深切的情感。比如说"贫富不均"一句话入耳时只是一笔冷冰冰的总账，杜工部的"朱门酒肉臭，路有冻死骨"才是一幅惊心动魄的图画。思想家往往不是艺术家，就因为不能把抽象的概念翻译为具体的意象。

　　从理智方面看，创造的想象可以分析为两种心理作用：一是分想作用，一是联想作用。

　　我们所有的意象都不是独立的，都是嵌在整个经验里面的，都是和许多其他意象固结在一起的。比如我昨天在树林里看见一只鸦，同时还看见许多其他事物，如树林、天空、行人，等等。如果这些记忆都全盘复现于意识，我就无法单提鸦的意象来应用。好比你只要用一根丝，它裹在一团丝里，要单抽出它而其他的丝也连带地抽出来一样。"分想作用"就是把某一个意象（比如说鸦）和与它相关的许多意象分开而单提出它来。这种分想作用是选择的基础。许多人不能创造艺术就因为没有这副本领。他们常常说："一部十七史从何处说起？"他们一想到某一个意象，其余许多平时虽有关系而与本题却不相干的意象都一齐涌上心头来，叫他们无法脱围。小孩子读死书，往往要从头背诵到尾，才想起一篇文章中某一句话来，也就是吃不能"分想"的苦。

　　有分想作用而后有选择，只是选择有时就已经是创造。雕刻家在一块顽石中雕出一座爱神来，画家在一片荒林中描出一幅风景画来，都是在混乱的情境中把用得着的成分单提出来，把用不着的成分丢开，来造成一个完美的形象。诗有时也只要有分想作用就可以作成。例如"采菊东篱下，悠然见南山""寒波澹澹起，白鸟悠悠下""风吹草低见牛羊"诸名句都是从混乱的自然中划出美的意象来，全无机杼的痕迹。

不过创造大半是旧意象的新综合，综合大半借"联想作用"。我们在上文谈美感与联想时已经说过错乱的联想妨碍美感的道理，但是我们却保留过一条重要的原则："联想是知觉和想象的基础。艺术不能离开知觉和想象，就不能离开联想。"现在我们可以详论这番话的意义了。

我们曾经把联想分为"接近"和"类似"两类。比如这首诗里所用的"团扇"这个意象，在班婕妤自己第一次用它时，是起于类似联想，因为她见到自己色衰失宠类似秋天的弃扇；在王昌龄用它时则起于接近联想，因为他读过班婕妤的《怨歌行》，提起班婕妤就因经验接近而想到团扇的典故。不过他自然也可以想到她和团扇的类似。

"怀古""忆旧"的作品大半起于接近联想，例如看到赤壁就想起曹操和苏东坡，看到遗衣挂壁就想到已故的妻子。类似联想在艺术上尤其重要。《诗经》中"比""兴"两体都是根据类似联想。比如《关关雎鸠》章就是拿雎鸠的挚爱比夫妇的情谊。《长信怨》里的"玉颜"在现在已成滥调，但是第一次用这两个字的人却费了一番想象。"玉"和"颜"本来是风马牛不相及，只因为在色泽肤理上相类似，就嵌合在一起了。语言文字的引申义大半都是这样起来的。例如"云破月来花弄影"一句词中三个动词都是起于类似联想的引申义。

因为类似联想的结果，物固然可以变成人，人也可变成物。物变成人通常叫做"拟人"。《长信怨》的"寒鸦"是实例。鸦是否能寒，我们不能直接感觉到，我们觉得它寒，便是设身处地地想。不但如此，寒鸦在这里是班婕妤所羡慕而又妒忌的受恩承宠者，它也许是隐喻赵飞燕。一切移情作用都起类似联想，都是"拟人"的实例。例如"感时花溅泪，恨别鸟惊心"和"水是眼波横，山是眉峰聚"一类的诗句都是以物拟人。

人变成物通常叫做"托物"。班婕妤自比"团扇"，就是托物的实例。"托物"者大半不愿直言心事，故婉转以隐语出之。曹子建被迫于乃兄，在走七步路的时间中做成一首诗说：

煮豆燃豆萁，豆在釜中泣，本是同根生，相煎何太急！

清朝有一位诗人不敢直骂爱新觉罗氏以胡人夺了明朝的江山，乃在咏《紫牡丹》诗里寄意说：

夺朱非正色，异种亦称王。

这都是托物的实例。最普通的托物是"寓言"，寓言大半拿动植物的故事来隐射人类的是非善恶。托物是中国文人最欢喜的玩意儿。庄周、屈原首开端倪。但是后世注疏家对于古人诗文往往穿凿附会太过，黄山谷说得好：

彼喜穿凿者弃其大旨，取其发兴，于所遇林泉人物草木鱼虫，以为物物皆有所托，如世间商度隐语者，则诗委地矣！

"拟人"和"托物"都属于象征。所谓"象征"，就是以甲为乙的符号。甲可以做乙的符号，大半起于类似联想。象征最大的用处就是以具体的事物来代替抽象的概念。我们在上文说过，艺术最怕抽象和空泛，象征就是免除抽象和空泛的无二法门。象征的定义可以说是："寓理于象"。梅圣俞《续金针诗格》里有一段话很可以发挥这个定义：

诗有内外意，内意欲尽其理，外意欲尽其象。内外意含蓄，方入诗格。

上面诗里的"昭阳日影"便是象征皇帝的恩宠。"皇帝的恩宠"是"内意"，是"理"，是一个空泛的抽象概念，所以王昌龄拿"昭阳日影"这个具体的意象来代替它，"昭阳日影"便是"象"，便是"外意"。不过这种象征是若隐若现的。诗人用"昭阳日影"时，原来因为"皇帝的恩宠"一类的字样不足以尽其意蕴，如果我们一定要把它明白指为"皇帝的恩宠"的象征，这又未免剪云为裳，以迹象绳玄渺了。诗有可以解说出来的地方，也有不可以解说出来的地方。不可以言传的全赖读者意会。在微妙的境界我们尤其不可拘虚绳墨。

"超以象外，得其环中"
——创造与情感

二、诗人于想象之外又必有情感。

分想作用和联想作用只能解释某意象的发生如何可能，不能解释作者在许多可能的意象之中何以独抉择该意象。再就上文所引的王昌龄的《长信怨》来说，长信宫四围的事物甚多，他何以单择寒鸦？和寒鸦可发生联想的事物甚多，他何以单择昭阳日影？联想并不是偶然的，有几条路可走时而联想只走某一条路，这就由于情感的阴驱潜率。在长信宫四围的许多事物之中只有带昭阳日影的寒鸦可以和弃妇的情怀相照映，只有它可以显出一种"怨"的情境。在艺术作品中人情和物理要融成一气，才能产生一个完整的境界。

这个道理可以再用一个实例来说明，比如王昌龄的《闺怨》：

闺中少妇不知愁，春日凝妆上翠楼。
忽见陌头杨柳色，悔教夫婿觅封侯！

杨柳本来可以引起无数的联想，桓温因杨柳而想到"树犹如此，人何以堪！"萧道成因杨柳而想起"此柳风流可爱，似张绪当年！"韩君平因杨柳而想起"昔日青青今在否"的章台妓女，何以这首诗的主人独懊悔当初劝丈夫出去觅官呢？因为"夫婿"的意象对于"春日凝妆上翠楼"的闺中少妇是一种受情感饱和的意象，而杨柳的浓绿又最易惹起春意，所以经它一触动，"夫婿"的意象就立刻浮上她的心头了。情感是生生不息的，意象也是生生不息的。换一种情感就是换一种意象，换一种意象就是换一种境界。即景可以生情，因情也可以生景。所以诗是做不尽的。有人说，风花雪月等等都已经被前人说滥了，所有的诗都被前人做尽了，诗是没有未来的了。这般人不但不知诗为何物，也不知生命为何物。诗是生命的表现。生命像柏格森所说的，时时在变化中即时时在创造中。说诗已经做穷了，就不啻说生命已到了末日。

王昌龄既不是班婕妤，又不是"闺中少妇"，何以能感到她们的情感呢？这又要回到"子非鱼，安知鱼之乐"的老问题了。诗人和艺术家都有"设身处地"和"体物入微"的本领。他们在描写一个人时，就要钻进那个人的心孔，在霎时间就要变成那个人，亲自享受他的生命，领略他的情感。所以我们读他们的作品时，觉得它深中情理。在这种心灵感通中我们可以见出宇宙生命的联贯。诗人和艺术家的心就是一个小宇宙。

一般批评家常欢喜把文艺作品分为"主观的"和"客观的"两类，以为写自己经验的作品是主观的，写旁人的作品是客观的。这种分别其实非常肤浅。凡是主观的作品都必同时是客观的，凡是客观的作品亦必同时是主观的。比如说班婕妤的《怨歌行》：

> 新裂齐纨素，皎洁如霜雪，裁为合欢扇，团团似明月。
> 出入君怀袖，动摇随风发。常恐秋节至，凉飙夺炎热，弃
> 捐箧笥中，恩情中道绝。

她拿团扇自喻，可以说是主观的文学。但是班婕妤在作这首诗时就不能同时在怨的情感中过活，她须暂时跳开切身的情境，看看它像什么样子，才能发现它像团扇。这就是说，她在做《怨歌行》时须退处客观的地位，把自己的遭遇当作一幅画来看。在这一刹那中，她就已经由弃妇变而为歌咏弃妇的诗人了，就已经在实际人生和艺术之中辟出一种距离来了。

再比如说王昌龄的《长信怨》。他以一位唐朝的男子来写一位汉朝的女子，他的诗可以说是客观的文学。但是他在作这首诗时一定要设身处地地想象班婕妤谪居长信宫的情况如何。像班婕妤自己一样，他也是拿弃妇的遭遇当作一幅画来欣赏。在想象到聚精会神时，他达到我们在前面所说的物我同一的境界，霎时之间，他的心境就变成班婕妤的心境了，他已经由客观的观赏者变而为主观的享受者了。总之，主观的艺术家在创造时也要能"超以象外"，客观的艺术家在创造时也要能"得其环中"，像司空图所说的。

文艺作品都必具有完整性。它是旧经验的新综合，它的精彩就全在这综合上面见出。在未综合之前，意象是散漫零乱的；在既综合之后，意象是谐和整一的。这种综合的原动力就是情感。凡是文艺作品都不能拆开来看，说某一笔平凡，某一句警辟，因为完整的

全体中各部分都是相依为命的。人的美往往在眼睛上现出，但是也要全体健旺，眼中精神才饱满，不能把眼睛单拆开来，说这是造化的"警句"。严沧浪说过："汉魏古诗，气象混沌，难以句摘；晋以还始有佳句。"这话本是见道语而实际上又不尽然。晋以还始有佳句，但是晋以还的好诗像任何时代的好诗一样，仍然"难以句摘"。比如《长信怨》的头两句："奉帚平明金殿开，暂将团扇共徘徊"，拆开来单看，本很平凡。但是如果没有这两句所描写的荣华冷落的情境，便显不出后两句的精彩。功夫虽从点睛见出，却从画龙做起。凡是欣赏或创造文艺作品，都要先注意到总印象，不可离开总印象而细论枝节。比如古诗《江南》：

江南可采莲，莲叶何田田！鱼戏莲叶间，鱼戏莲叶东，鱼戏莲叶南，鱼戏莲叶西，鱼戏莲叶北。

单看起来，每句都无特色，合看起来，全篇却是一幅极幽美的意境。这不仅是汉魏古诗是如此，晋以后的作品如陈子昂的《登幽州台》：

前不见古人，后不见来者。
念天地之悠悠，独怆然而涕下。

也是要在总印象上玩味，决不能字斟句酌。晋以后的诗和晋以后的词大半都是细节胜于总印象，聪明气和斧凿痕迹都露在外面，这的确是艺术的衰落现象。

情感是综合的要素，许多本来不相关的意象如果在情感上能调协，便可形成完整的有机体，比如李太白的《长相思》收尾两句说：

相思黄叶落，白露点青苔。

钱起的《湘灵鼓瑟》收尾两句说：

曲终人不见，江上数峰青。

温飞卿的《菩萨蛮》前阕说：

水晶帘里颇黎枕，暖香惹梦鸳鸯锦。江上柳如烟，雁飞残月天。

秦少游的《踏莎行》前阕说：

雾失楼台，月迷津渡，桃源望断无寻处。可堪孤馆闭春寒，杜鹃声里斜阳暮。

这里加圈的字句所传出的意象都是物景，而这些诗词全体原来都是着重人事。我们仔细玩味这些诗词时，并不觉得人事之中猛然插入物景为不伦不类，反而觉得它们天生成的联络在一起，互相烘托，益见其美。这就由于它们在情感上是谐和的。单拿"曲终人不见，江上数峰青"两句诗来说，曲终人杳虽然与江上峰青绝不相干，但是这两个意象都可以传出一种凄清冷静的情感，所以它们可以调和。如果只说"曲终人不见"而无"江上数峰青"，或是只说"江上数峰青"而无"曲终人不见"，意味便索然了。从这个例子看，我们可以见出创造如何是平常的意象的不平常的综合，诗如何要论总印象，以及情感如何使意象整一种种道理了。

因为有情感的综合，原来似散漫的意象可以变成不散漫，原来似重复的意象也可以变成不重复。《诗经》里面的诗大半每篇都有数章，而数章所说的话往往无大差别。例如《王风·黍离》：

彼黍离离，彼稷之苗。行迈靡靡，中心摇摇。知我者谓我心忧，不知我者谓我何求！悠悠苍天，此何人哉？

彼黍离离，彼稷之穗。行迈靡靡，中心如醉。知我者谓我心忧，不知我者谓我何求！悠悠苍天，此何人哉？

彼黍离离，彼稷之实。行迈靡靡，中心如噎。知我者谓我心忧，不知我者谓我何求！悠悠苍天，此何人哉？

这三章诗每章都只更换两三个字，只有"苗""穗""实"三字指示时间的变迁，其余"醉""噎"两字只是为押韵而更换的；在意义上并不十分必要。三章诗合在一块不过是说："我一年四季心里都在忧愁。"诗人何必把它说一遍又说一遍呢？因为情感原是往复低徊、缠绵不尽的。这三章诗在意义上确似重复而在情感上则不重复。

总之，艺术的任务是在创造意象，但是这种意象必定是受情感饱和的。情感或出于己，或出于人，诗人对于出于己者须跳出来视察，对于出于人者须钻进去体验。情感最易感通，所以"诗可以群"。

"从心所欲，不逾矩"
——创造与格律

三、在艺术方面，受情感饱和的意象是嵌在一种格律里面的。

我们再拿王昌龄的《长信怨》来说，在上文我们已经从想象和情感两个观点研究过它，话虽然已经说得不少，但是如果到此为止，我们就不免抹煞了这首诗的一个极重要的成分。《长信怨》不仅是一种受情感饱和的意象，而这个意象又是嵌在调声压韵的"七绝"体里面的。"七绝"是一种格律。《长信怨》的意象是王昌龄的特创，这种格律却不是他的特创。他以前有许多诗人用它，他以后也有许多诗人用它。它是诗人们父传子、子传孙的一套家当。其他如五古、七古、五律、七律以及词的谱调等等也都是如此。

格律的起源都是归纳的，格律的应用都是演绎的。它本来是自然律，后来才变为规范律。

专就诗来说，我们来看格律如何本来是自然的。

诗和散文不同。散文叙事说理，事理是直捷了当、一览无余的，所以它忌讳迂回往复，贵能直率流畅。诗遣兴表情，兴与情都是低回往复、缠绵不尽的，所以它忌讳直率，贵有一唱三叹之音，使情溢于辞。粗略地说，散文大半用叙述语气，诗大半用惊叹语气。

拿一个实例来说，比如看见一位年轻姑娘，你如果把这段经验当作"事"来叙，你只须说："我看见一位年轻姑娘"；如果把它当作"理"来说，你只须说："她年纪轻所以漂亮。"事既叙过了，理既说明了，你就不必再说什么，听者就可以完全明白你的意思。但是如果你一见就爱了她，你只说"我爱她"还不能了事，因为这句话只是叙述一桩事而不是传达一种情感，你是否真心爱她，旁人在这句话本身中还无从见出。如果你真心爱她，你此刻念她，过些时候还是念她。你的情感来而复去，去而复来。它是一个最不爽快的搅扰者。这种缠绵不尽的神情就要一种缠绵不尽的音节才表现得出。这个道理随便拿一首恋爱诗来看就会明白。比如古诗《华山畿》：

奈何许！天下人何限？慊慊只为汝！

这本来是一首极简短的诗，不是讲音节的好例，但是在这极短的篇幅中我们已经可以领略到一种缠绵不尽的情感，就因为它的音节虽短促却不直率。它的起句用"许"字落脚，第二句虽然用一个和"许"字不协韵的"限"字，末句却仍回到和"许"字协韵的"汝"字落脚。这种音节是往而复返的。（由"许"到"限"是往，由"限"到"汝"是返。）它所以往而复返者，就因为情感也是往而复返的。这种道理在较长的诗里更易见出，你把《诗经》中《卷耳》或是上文所引过的《黍离》玩味一番，就可以明白。

韵只是音节中一个成分。音节除韵以外，在章句长短和平仄交错中也可以见出。章句长短和平仄交错的存在理由也和韵一样，都是顺着情感的自然需要。分析到究竟，情感是心感于物的激动，和脉搏、呼吸诸生理机能都密切相关。这些生理机能的节奏都是抑扬相间，往而复返，长短轻重成规律的。情感的节奏见于脉搏、呼吸的节奏，脉搏、呼吸的节奏影响语言的节奏。诗本来就是一种语言，所以它的节奏也随情感的节奏于往复中见规律。

最初的诗人都无意于规律而自合于规律，后人研究他们的作品，才把潜在的规律寻绎出来。这种规律起初都只是一种总结账，一种统计，例如"诗大半用韵""某字大半与某字协韵""章句长短大半有规律""平声和仄声的交错次第大半如此如此"之类。这本来是一种自然律。后来作诗的人看见前人做法如此，也就如法炮制。从前诗人多用五言或七言，他们于是也用五言或七言；从前诗人五言起句用仄仄平平仄，次句往往用平平仄仄平，于是他们调声也用同样的次第。这样一来，自然律就变成规范律了。诗的声韵如此，其他艺术的格律也是如此，都是把前规看成定例。

艺术上的通行的做法是否可以定成格律，以便后人如法炮制呢？

这是一个很难的问题，绝对的肯定答复和绝对的否定答复都不免有流弊。从历史看，艺术的前规大半是先由自然律变而为规范律，再由规范律变而为死板的形式。一种作风在初盛时，自身大半都有不可磨灭的优点。后来闻风响应者得其形似而失其精神，有如东施学西施捧心，在彼为美者在此反适增其丑。流弊渐深，反动随起，于是文艺上有所谓"革命运动"。文艺革命的首领本来要把文艺从格律中解放出来，但是他们的闻风响应者又把他们的主张定为新格律。这种新格律后来又因经形式化而引起反动。一波未平，一波又起。一部艺术史全是这些推陈翻新、翻新为陈的轨迹。王静安在《人间词话》里所以说：

> 四言敝而有《楚辞》，《楚辞》敝而有五言，五言敝而有七言，古诗敝而有律绝，律绝敝而有词。盖文体通行既久，染指遂多，自成习套，豪杰之士亦难于其中自出新意，故遁而作他体以自解脱。一切文体所以始盛终衰者，皆由于此。

在西方文艺中，古典主义、浪漫主义、写实主义和象征主义相代谢的痕迹也是如此。各派有各派的格律，各派的格律都有因成习套而"敝"的时候。

格律既可"敝"，又何取乎格律呢？格律都有形式化的倾向，形式化的格律都有束缚艺术的倾向。我们知道这个道理，就应该知道提倡要格律的危险。但是提倡不要格律也是一桩很危险的事。我们固然应该记得格律可以变为死板的形式，但是我们也不要忘记第一流艺术家大半都是从格律中做出来的。比如陶渊明的五古，李太白的七古，王摩诘的五律以及温飞卿、周美成诸人所用的词调，都不是出自作者心裁。

提倡格律和提倡不要格律都有危险，这岂不是一个矛盾么？这并不是矛盾。创造不能无格律，但是只做到遵守格律的地步也决不足与言创造。我们现在把这个道理解剖出来。

诗和其他艺术都是情感的流露。情感是心理中极原始的一种要素。人在理智未发达之前先已有情感；在理智既发达之后，情感仍然是理智的驱遣者。情感是心感于物所起的激动，其中有许多人所共同的成分，也有某个人所特有的成分。这就是说，情感一方面有群性，一方面也有个性，群性是得诸遗传的，是永恒的，不易变化的；个性是成于环境的，是随环境而变化的。所谓"心感于物"，就是以得诸遗传的本能的倾向对付随人而异、随时而异的环境。环境随人随时而异，所以人类的情感时时在变化；遗传的倾向为多数人所共同，所以情感在变化之中有不变化者存在。

这个心理学的结论与本题有什么关系呢？艺术是情感的返照，它也有群性和个性的分别，它在变化之中也要有不变化者存在。比如单拿诗来说，四言、五言、七言、古、律、绝、词的交替是变化，而音节的需要则为变化中的不变化者。变化就是创造，不变化就是因袭。把不变化者归纳成为原则，就是自然律。这种自然律可以用为规范律，因为它本来是人类共同的情感的需要。但是只有群性而无个性，只有整齐而无变化，只有因袭而无创造，也就不能产生艺术。末流忘记这个道理，所以往往把格律变成死板的形式。

格律在经过形式化之后往往使人受拘束，这是事实，但是这决不是格律本身的罪过，我们不能因噎废食。格律不能束缚天才，也不能把庸手提拔到艺术家的地位。如果真是诗人，格律会受他奴使；如果不是诗人，有格律他的诗固然腐滥，无格律它也还是腐滥。

古今大艺术家大半都从格律入手。艺术须寓整齐于变化。一味齐整，如钟摆摇动声，固然是单调；一味变化，如市场嘈杂声，也还是单调。由整齐到变化易，由变化到整齐难。从整齐入手，创造的本能和特别情境的需要会使作者在整齐之中求变化以避免单调。从变化入手，则变化之上不能再有变化，本来是求新奇而结果却仍还于单调。

古今大艺术家大半后来都做到脱化格律的境界。他们都从束缚中挣扎得自由，从整齐中酝酿出变化。格律是死方法，全赖人能活用。善用格律者好比打网球，打到娴熟时虽无心于球规而自合于球规，在不识球规者看，球手好像纵横如意，略无牵就规范的痕迹；在识球规者看，他却处处循规蹈矩。姜白石说得好："文以文而工，不以文而妙。"工在格律而妙则在神髓风骨。

孔夫子自道修养经验说："七十而从心所欲，不逾矩。"这是道德家的极境，也是艺术家的极境。"从心所欲，不逾矩"，艺术的创造活动尽于这七个字了。"从心所欲"者往往"逾矩"，"不逾矩"者又往往不能"从心所欲"。凡是艺术家都要能打破这个矛盾。孔夫子到快要死的时候才做到这种境界，可见循格律而能脱化格律，大非易事了。

"不似则失其所以为诗,似则失其所以为我"
——创造与模仿

创造与格律的问题之外,还有一个和它密切相关的问题,就是创造与模仿。因袭格律本来就已经是一种模仿,不过艺术上的模仿并不限于格律,最重要的是技巧。

技巧可以分为两项说,一项是关于传达的方法;一项是关于媒介的知识。

先说传达的方法。我们在上文见过,凡是创造之中都有欣赏,但是创造却不仅是欣赏。创造和欣赏都要见到一种意境。欣赏见到意境就止步,创造却要再进一步,把这种意境外射到具体的作品上去。见到一种意境是一件事,把这种意境传达出来让旁人领略又是一件事。

比如我此刻想象到一个很美的夜景,其中园亭、花木、湖山、风月,件件都了然于心,可是我不能把它画出来。我何以不能把它画出来呢?因为我不能动手,不能像支配筋肉一样任意活动。我如果勉强动手,我所画出来的全不像我所想出来的,我本来要画一条直线,画出来的线却是七弯八扭,我的手不能听我的心指使。穷究

创造是旧经验的新综合。
凡艺术家都须有一半是诗人，
一半是匠人。

到底，艺术的创造不过是手能从心，不过是能任所欣赏的意象支配筋肉的活动，使筋肉所变的动作恰能把意象画在纸上或是刻在石上。

这种筋肉活动不是天生自在的，它须费一番功夫才学得来。我想到一只虎不能画出一只虎来，但是我想到"虎"字却能信手写一个"虎"字出来。我写"虎"字毫不费事，但是不识字的农夫看我写"虎"字，正犹如我看画家画虎一样可惊羡。一只虎和一个"虎"字在心中时都不过是一种意象，何以"虎"字的意象能供我的手腕作写"虎"字的活动，而虎的意象却不能使我的手腕作画虎的活动呢？这个分别全在有练习与没有练习。我练习过写字，却没有练习过作画。我的手腕筋肉只有写"虎"字的习惯，没有画虎的习惯。筋肉活动成了习惯以后就非常纯熟，可以从心所欲，意到笔随；但是在最初养成这种习惯时，好比小孩子学走路，大人初学游水，都要跌几跤或是喝几次水，才可以学会。

各种艺术都各有它的特殊的筋肉的技巧。例如写字、作画、弹琴等等要有手腕筋肉的技巧，唱歌、吹箫要有喉舌唇齿诸筋肉的技巧，跳舞要有全身筋肉的技巧（严格地说，各种艺术都要有全身筋肉的技巧）。要想学一门艺术，就要先学它的特殊的筋肉的技巧。

学一门艺术的特殊的筋肉技巧，要用什么方法呢？起初都要模仿。"模仿"和"学习"本来不是两件事。姑且拿写字做例来说。小儿学写字，最初是描红，其次是写印本，再其次是临帖。这些方法都是借旁人所写的字做榜样，逐渐养成手腕筋肉的习惯。但是就我自己的经验来说，学写字最得益的方法是站在书家的身旁，看他如何提笔，如何运用手腕，如何使全身筋肉力量贯注在手腕上。他的筋肉习惯已养成了，在实地观察他的筋肉如何动作时，我可以讨一点诀窍来，免得自己去暗中摸索，尤其重要的是免得自己养成不良的筋肉习惯。

推广一点说，一切艺术上的模仿都可以作如是观。比如说作诗作文，似乎没有什么筋肉的技巧，其实也是一理。诗文都要有情感和思想。情感都见于筋肉的活动，我们在前面已经说过。思想离不开语言，语言离不开喉舌的动作。比如想到"虎"字时，喉舌间都不免起若干说出"虎"字的筋肉动作。这是行为派心理学的创见，现在已逐渐为一般心理学家所公认。诗人和文人常欢喜说"思路"，所谓"思路"并无若何玄妙，也不过是筋肉活动所走的特殊方向而已。

诗文上的筋肉活动是否可以模仿呢？它也并不是例外。中国诗人和文人向来着重"气"字，我们现在来把这个"气"字研究一番，就可以知道模仿筋肉活动的道理。曾国藩在《家训》里说过一段话，很可以值得我们注意：

> 凡作诗最宜讲究声调，须熟读古人佳篇，先之以高声朗诵，以昌其气；继之以密咏恬吟，以玩其味。二者并进，使古人之声调拂拂然若与我喉舌相习，则下笔时必有句调奔赴腕下，诗成自读之，亦自觉琅琅可诵，引出一种兴会来。

从这段话看，可知"气"与声调有关，而声调又与喉舌运动有关。韩昌黎也说过："气盛则言之短长与声之高下皆宜。"声本于气，所以想得古人之气，不得不求之于声。求之于声，即不能不朗诵。

朱晦庵曾经说过："韩昌黎、苏明允作文，敝一生之精力，皆从古人声响学。"所以从前古文家教人作文最重朗诵。

姚姬传与陈硕士书说："大抵学古文者，必须放声疾读，又缓读，只久之自悟。若但能默看，即终身作外行也。"朗诵既久，则古人之声就可以在我的喉舌筋肉上留下痕迹，"拂拂然若与我之喉舌相习"，到我自己下笔时，喉舌也自然顺这个痕迹而活动，所谓"必有句调奔赴腕下"。要看自己的诗文的气是否顺畅，也要吟哦才行，因为吟哦时喉舌间所习得的习惯动作就可以再现出来。从此可知从前人所谓"气"也就是一种筋肉技巧了。

关于传达的技巧大要如此，现在再讲关于媒介的知识。

什么叫做"媒介"？它就是艺术传达所用的工具。比如颜色、线形是图画的媒介，金石是雕刻的媒介，文字语言是文学的媒介。艺术家对于他所用的媒介也要有一番研究。比如达·芬奇的《最后的晚餐》是文艺复兴时代最大的杰作。但是他的原迹是用一种不耐潮湿的油彩画在一个易受潮湿的墙壁上，所以没过多少时候就剥落消失去了。这就是对于媒介欠研究。再比如建筑，它的媒介是泥石，它要把泥石砌成一个美的形象。建筑家都要有几何学和力学的知识，才能运用泥石；他还要明白他的媒介对于观者所生的影响，才不至于乱用材料。希腊建筑家往往把石柱的腰部雕得比上下都粗壮些，但是看起来它的粗细却和上下一律，因为腰部是受压时最易折断的地方，容易引起它比上下较细弱的错觉，把腰部雕粗些，才可以弥补这种错觉。

在各门艺术之中都有如此等类的关于媒介的专门知识，文学方面尤其显著。诗文都以语言文字为媒介。做诗文的人一要懂得字义，二要懂得字音，三要懂得字句的排列法，四要懂得某字某句的音义对于读者所生的影响。这四样都是专门的学问。前人对于这些学问已逐渐蓄积起许多经验和成绩，而不是任何人只手空拳、毫无凭借地在一生之内所可得到的。自己既不能件件去发明，就不得不利用前人的经验和成绩。文学家对于语言文字是如此，一切其他艺术家对于他的特殊的媒介也莫不然。各种艺术都同时是一种学问，都有无数年代所积成的技巧。学一门艺术，就要学该门艺术所特有的学问和技巧。这种学习就是利用过去经验，就是吸收已有文化，也就是模仿的一端。

古今大艺术家在少年时所做的功夫大半都偏在模仿。米开朗琪罗费过半生的工夫研究希腊罗马的雕刻，莎士比亚也费过半生的工夫模仿和改作前人的剧本，这是最显著的例。中国诗人中最不像用过工夫的莫过于李太白，但是他的集中摹拟古人的作品极多，只略看看他的诗题就可以见出。杜工部说过："李侯有佳句，往往似阴铿"，他自己也说过："解道长江静如练，令人长忆谢玄晖。"他与过去诗人的关系可以想见了。

艺术家从模仿入手，正如小儿学语言，打网球者学姿势，跳舞者学步法一样，并没有什么玄妙，也并没有什么荒唐。不过这步功夫只是创造的始基。没有做到这步功夫和做到这步功夫就止步，都不足以言创造。我们在前面说过，创造是旧经验的新综合。旧经验大半得诸模仿，新综合则必自出心裁。

像格律一样，模仿也有流弊，但是这也不是模仿本身的罪过。

从前学者有人提倡模仿，也有人唾骂模仿，往往都各有各的道理，其实并不冲突。顾亭林的《日知录》里有一条说：

> 诗文之所以代变，有不得不然者。一代之文，沿袭已久，不容人人皆道此语。今且千数百年矣，而犹取古人之陈言一一而模仿之，以是为诗可乎？故不似则失其所以为诗，似则失其所以为我。

这是一段极有意味的话，但是他的结论是突如其来的。"不似则失其所以为诗"一句和上文所举的理由恰相反。他一方面见到模仿古人不足以为诗，一方面又见到不似古人则失其所以为诗。这不是一个矛盾么？

这其实并不是矛盾。诗和其他艺术一样，须从模仿入手，所以不能不似古人，不似则失其所以为诗；但是它须归于创造，所以又不能全似古人，全似古人则失其所以为我。创造不能无模仿，但是只有模仿也不能算是创造。

凡是艺术家都须有一半是诗人，一半是匠人。他要有诗人的妙悟，要有匠人的手腕，只有匠人的手腕而没有诗人的妙悟，固不能有创作；只有诗人的妙悟而没有匠人的手腕，即创作亦难尽善尽美。妙悟来自性灵，手腕则可得于模仿。匠人虽比诗人身分低，但亦绝不可少。青年作家往往忽略这一点。

"读书破万卷，下笔如有神"
——天才与灵感

知道格律和模仿对于创造的关系，我们就可以知道天才和人力的关系了。

生来死去的人何只恒河沙数？真正的大诗人和大艺术家是在一口气里就可以数得完的。何以同是人，有的能创造，有的不能创造呢？在一般人看，这全是由于天才的厚薄。他们以为艺术全是天才的表现，于是天才成为懒人的借口。聪明人说，我有天才，有天才何事不可为？用不着去下功夫。迟钝人说，我没有艺术的天才，就是下功夫也无益。于是艺术方面就无学问可谈了。

"天才"究竟是怎么一回事呢？

它自然有一部分得诸遗传。有许多学者常欢喜替大创造家和大发明家理家谱，说莫扎特有几代祖宗会音乐，达尔文的祖父也是生物学家，曹操一家出了几个诗人。这种证据固然有相当的价值，但是它决不能完全解释天才。同父母的兄弟贤愚往往相差很远。曹操的祖宗有什么大成就呢？曹操的后裔又有什么大成就呢？

天才自然也有一部分成于环境。假令莫扎特生在音阶简单、乐器拙陋的蒙昧民族中，也绝不能作出许多复音的交响曲。"社会的遗产"是不可蔑视的。文艺批评家常欢喜说，伟大的人物都是他们的时代的骄子，艺术是时代和环境的产品。这话也有不尽然。同是一个时代而成就却往往不同。英国在产生莎士比亚的时代和西班牙是一般隆盛，而当时西班牙并没有产生伟大的作者。伟大的时代不一定能产生伟大的艺术。美国的独立，法国的大革命在近代都是极重大的事件，而当时艺术却卑卑不足高论。伟大的艺术也不必有伟大的时代做背景，席勒和歌德的时代，德国还是一个没有统一的纷乱的国家。

我承认遗传和环境的影响非常大，但是我相信它们都不能完全解释天才。在固定的遗传和环境之下，个人还有努力的余地。遗传和环境对于人只是一个机会，一种本钱，至于能否利用这个机会，能否拿这笔本钱去做出生意来，则所谓"神而明之，存乎其人"。有些人天资颇高而成就则平凡，他们好比有大本钱而没有做出大生意；也有些人天资并不特异而成就则斐然可观，他们好比拿小本钱而做出大生意。这中间的差别就在努力与不努力了。牛顿可以说是科学家中的一个天才了，他常常说："天才只是长久的耐苦。"这话虽似稍嫌过火，却含有很深的真理。只有死功夫固然不尽能发明或创造，但是能发明创造者却大半是下过死功夫来的。哲学中的康德、科学中的牛顿、雕刻图画中的米开朗基罗、音乐中的贝多芬、书法中的王羲之、诗中的杜工部，这些实例已经够证明人力的重要，又何必多举呢？

最容易显出天才的地方是灵感。我们只须就灵感研究一番，就可以见出天才的完成不可无人力了。

杜工部尝自道经验说："读书破万卷,下笔如有神。"所谓"灵感"就是杜工部所说的"神","读书破万卷"是功夫,"下笔如有神"是灵感。据杜工部的经验看,灵感是从功夫出来的。如果我们借心理学的帮助来分析灵感,也可以得到同样的结论。

灵感有三个特征:

一、它是突如其来的,出于作者自己意料之外的。根据灵感的作品大半来得极快。从表面看,我们寻不出预备的痕迹。作者丝毫不费心血,意象涌上心头时,他只要信笔疾书。有时作品已经创造成功了,他自己才知道无意中又成了一件作品。歌德著《少年维特之烦恼》的经过,便是如此。据他自己说,他有一天听到一位少年失恋自杀的消息,突然间仿佛见到一道光在眼前闪过,立刻就想出全书的框架。他费两个星期的工夫一口气把它写成。在复看原稿时,他自己很惊讶,没有费力就写成了一本书,告诉人说:"这部小册子好像是一个患睡行症者在梦中作成的。"

二、它是不由自主的,有时苦心搜索而不能得的偶然在无意之中涌上心头。希望它来时它偏不来,不希望它来时它却蓦然出现。法国音乐家柏辽兹有一次替一首诗作乐谱,全诗都谱成了,只有收尾一句("可怜的士兵,我终于要再见法兰西!")无法可谱。他再三思索,不能想出一段乐调来传达这句诗的情思,终于把它搁起。两年之后,他到罗马去玩,失足落水,爬起来时口里所唱的乐调,恰是两年前所再三思索而不能得的。

三、它也是突如其去的,练习作诗文的人大半都知道"败兴"

的味道。"兴"也就是灵感。诗文和一切艺术一样都宜于乘兴会来时下手。兴会一来,思致自然滔滔不绝。没有兴会时写一句极平常的话倒比写什么还难。兴会来时最忌外扰。本来文思正在源源而来,外面狗叫一声,或是墨水猛然打倒了,便会把思路打断。断了之后就想尽方法也接不上来。谢无逸问潘大临近来作诗没有,潘大临回答说:"秋来日日是诗思。昨日捉笔得'满城风雨近重阳'之句,忽催租人至,令人意败。辄以此一句奉寄。"这是"败兴"的最好的例子。

灵感既然是突如其来,突然而去,不由自主,那不就无法可以用人力来解释么?从前人大半以为灵感非人力,以为它是神灵的感动和启示。在灵感之中,仿佛有神灵凭附作者的躯体,暗中驱遣他的手腕,他只是坐享其成。但是从近代心理学发现潜意识活动之后,这种神秘的解释就不能成立了。

什么叫做"潜意识"呢?我们的心理活动不尽是自己所能察觉到的。自己的意识所不能察觉到的心理活动就属于潜意识。意识既不能察觉到,我们何以知道它存在呢?变态心理中有许多事实可以为凭。比如说催眠,受催眠者可以谈话、做事、写文章、做数学题,但是醒过来后对于催眠状态中所说的话和所做的事往往完全不知道。此外还有许多精神病人现出"两重人格"。例如一个人乘火车在半途跌下,把原来的经验完全忘记,换过姓名在附近镇市上做了几个月的买卖。有一天他忽然醒过来,发现身边的事物都是不认识的,才自疑何以走到这么一个地方。旁人告诉他说他在那里开过几个月的店,他绝对不肯相信。心理学家根据许多类似事实,断定人于意识之外又有潜意识，在潜意识中也可以运用意志、思想，受催眠者和精神病人便是如此。在通常健全心理中，意识压倒潜意识，只让它在暗中活动。在变态心理中，意识和潜意识交替来去。它们完全分裂开来，意识活动时潜意识便沉下去，潜意识涌现时，便把意识淹没。

灵感就是在潜意识中酝酿成的情思猛然涌现于意识。它好比伏兵，在未开火前，只是鸦雀无声地准备，号令一发，它乘其不备地发动总攻击，一鼓而下敌。在没有侦探清楚的敌人（意识）看，它好比周亚夫将兵从天而至一样。这个道理我们可以拿一件浅近的事实来说明。我们在初练习写字时，天天觉得自己在进步，过几个月之后，进步就猛然停顿起来，觉得字越写越坏。但是再过些时候，自己又猛然觉得进步。进步之后又停顿，停顿之后又进步，如此辗转几次，字才写得好。学别的技艺也是如此。据心理学家的实验，在进步停顿时，你如果索性不练习，把它丢开去做旁的事，过些时候再起手来写，字仍然比停顿以前较进步。这是什么道理呢？就因为在意识中思索的东西应该让它在潜意识中酝酿一些时候才会成熟。功夫没有错用的，你自己以为劳而不获，但是你在潜意识中实在仍然于无形中收效果。所以心理学家有"夏天学溜冰，冬天学泅水"的说法。溜冰本来是在前一个冬天练习的，今年夏天你虽然是在做旁的事，没有想到溜冰，但是溜冰的筋肉技巧却恰巧在这个不溜冰的时节暗里培养成功。一切脑的工作也是如此。

灵感是潜意识中的工作在意识中的收获。它虽是突如其来，却不是毫无准备。法国大数学家潘嘉赉常说他的关于数学的发明大半是在街头闲逛时无意中得来的。但是我们从来没有听过有一个人向来没有在数学上用功夫，猛然在街头闲逛时发明数学上的重要原则。在罗马落水的如果不是素习音乐的柏辽兹，跳出水时也决不会随口唱出一曲乐调。他的乐调是费过两年的潜意识酝酿的。

从此我们可以知道"读书破万卷，下笔如有神"两句诗是至理名言了。不过灵感的培养正不必限于读书。人只要留心，处处都是学问。艺术家往往在他的艺术范围之外下功夫，在别种艺术之中玩索得一种意象，让它沉在潜意识里去酝酿一番，然后再用他的本行艺术的媒介把它翻译出来。吴道子生平得意的作品为洛阳天宫寺的神鬼，他在下笔之前，先请裴旻舞剑一回给他看，在剑法中得着笔意。张旭是唐朝的草书大家，他尝自道经验说："始吾见公主担夫争路，而得笔法之意；后见公孙氏舞剑器，而得其神。"王羲之的书法相传是从看鹅掌拨水得来的。法国大雕刻家罗丹也说道："你问我在什么地方学来的雕刻？在深林里看树，在路上看云，在雕刻室里研究模型学来的。我在到处学，只是不在学校里。"

从这些实例看，我们可知各门艺术的意象都可触类旁通。书画家可以从剑的飞舞或鹅掌的拨动之中得到一种特殊的筋肉感觉来助笔力，可以得到一种特殊的胸襟来增进书画的神韵和气势。推广一点说，凡是艺术家都不宜只在本行小范围之内用功夫，须处处留心玩索，才有深厚的修养。鱼跃鸢飞，风起水涌，以至于一尘之微，当其接触感官时我们虽常不自觉其在心灵中可生若何影响，但是到挥毫运斤时，他们都会涌到手腕上来，在无形中驱遣它，左右它。在作品的外表上我们虽不必看出这些意象的痕迹，但是一笔一画之中都潜寓它们的神韵和气魄。这样意象的蕴蓄便是灵感的培养。它们在潜意识中好比桑叶到了蚕腹，经过一番咀嚼组织而成丝，丝虽然已不是桑叶而却是从桑叶变来的。

无所为而为
的玩索

你是否知道生活,就看你对于许多事物能否欣赏。欣赏也就是
"无所为而为的玩索"。
在欣赏时,人和神仙一样自由,一样有福。

我在《春天》里所见到的
——鲍蒂切利杰作《春天》之欣赏

这幅画通常叫做《春天》,伯冉生(Berenson)在《佛罗伦萨画家论》里引作《爱神的国度》,似乎比较恰当些,画的趣味中心很显然地在爱神,从构图看,她不但站在中心,而且站的水平线也比旁人都高一层,旁人背后都是橘树,只有她背后是一座杂树丛生的土丘,土丘四围有一半圆形的空隙,好像是一道光圈围着她的头。因此,她的头部在全部光线的焦点;同时,因为土丘阴影的反衬,她的面部越显得光亮。在她头上飞着的库比德也容易把视线引到她的方向去。其次,就情感方面说,她是图中最严肃的一位。只有她一个人衣冠最整齐,最规矩;只有她一个人有孑然独立,与众不即不离的神情。她低着头,伸起右手,眼睛向着她自己的心里看,仿佛猛然听到一种玄奥的启示,举手表示惊奇,同时,告诫人肃静无哗,细心体会一下启示的意蕴。

就全图说,它表现一个游舞队,运动的方向她是由右而左。开路先锋是水星神,左手支腰,右手高举,指着空中一个让我们猜测的什么东西,视线很沉着地望着所指的方向。这一点不可捉摸的意蕴令我们想象到此外还有一个更高远的世界。意大利画家向来是斩钉截铁的明显，像这幅画的神秘色彩是不多见的。水星神之后接着就是"三美神"。就意象说，就画法说，她们都是很古典的。像她们的衣裳，她们整个地是透明的、轻盈的、幽闲的。手牵着手，面对着面，她们在爱神面前，像举行宗教仪式似的缓步舞蹈。库比德的箭就向她们瞄准。她们的心被射穿了没有呢？看她们的目光，看她们的面容，爱固然在那里，镇定幽闲固然在那里，但是闲愁幽怨似乎也在那里。女性美和爱的心情原来是富于矛盾性的，谁能够彻底地窥透此中消息呢？

从爱神前面移到爱神后面，我们仿佛从古典世界搬家到浪漫世界。在前面我们觉到仙境的超脱，在后面我们又回到人间的执着了。穿花衣的和几乎裸体的女子究竟谁象征春神，谁象征花神，学者的意见不一致。最后的男孩象征西风则几成定论。把穿花衣的看作春神似乎比较合理。花神被冷酷的西风两手揪住，一方面回头向残暴者瞪着惊慌的眼求饶，一方面用双手揪住春神求卫护。这是一场剧烈的挣扎。线条的运动，颜面的表情，服装的颜色都表现出一种狂放不可节制的生气在那里动荡。不说别的，连这右角的树干也是挛屈的，不像左边的树那样鸦默鹊静地挺立着。这里我们觉到很浓厚的浪漫风味，和右边的静穆的古典风味成一个很鲜明的反称。

这幅画向来被看作"寓言"。它的寓意究竟是什么呢？老实说，我想来想去，不能把全图的九个似相关似不相关的人物串联成一个整体。我有两个疑点：第一，我不明了爱神前面的水星神和三美神在图中有何意义；第二，我怀疑春神和花神近于重复。我看到这幅画就联想到画在 Campo Santo 壁上的另一幅意大利画。那幅画是《死的胜利》，这幅画不可以叫做《生的胜利》吗？天神的信使——水星神——领导生命的最珍贵的美、春、爱向无终的大路上迈步前进，虽然生命的仇敌——西风——在后面追捕，他们仍旧是勇往直前。这是不是这幅画的寓意呢？

把寓意丢开，专从画本身说，一切都是很容易了解的。爱神是中心，左右人物各形成一组。如果春神组是主体，三美神组在构图上是必有的陪衬，春神和花神在意义上或近于重复，在构图上却似缺一不可，一则浓装与半裸成反衬，一则右边多一形体，和左边相对称，不至于嫌轻重悬殊。依我想，鲍蒂切利不是一个文人画家，构图的匀称和谐，在他的心中也许比各部意义的贯串还更为重要。我们看这幅画似乎也应着重它在第一眼所显现出来的运动的节奏和构造的和谐。意义固然也很重要，但是要放在第二层。我所见到的偏重意义和情调方面，因为我既然要忠实地写自己的感想，就不应该勉强把我素来以看诗法去看画的心习丢开。我对于这幅画所特别爱好的是那一幅内热而外冷，内狂放而外收敛的风味。在生气蓬勃的春天，在欢欣鼓舞的随着生命的狂澜动荡中，仍能保持几分沉思默玩的冷静，在人生，在艺术，这都是一个极大的成就。

（载天津《大公报·艺术周刊》第 77 期，1936 年 4 月 4 日）

丰子恺先生的人品与画品

在当代画家中，我认识丰子恺先生最早，也最清楚。说起来已是二十年前的事了。那时候他和我都在上虞白马湖春晖中学教书。他在湖边盖了一座极简单而亦极整洁的平房。同事夏丏尊、朱佩弦、刘薰宇诸人和我都和子恺是吃酒谈天的朋友，常在一块聚会。我们吃酒如吃茶，慢斟细酌，不慌不闹，各人到量尽为止，止则谈的谈，笑的笑，静听的静听。酒后见真情，诸人各有胜概，我最喜欢子恺那一副面红耳热、雍容恬静、一团和气的风度。后来，我们离开白马湖，在上海同办立达学园。大家挤住在一条僻窄而又不大干净的小巷里。学校初办，我们奔走筹备，都显得很忙碌，子恺仍是那副雍容恬静的样子，而事情都不比旁人做得少。虽然由山林搬到城市，生活比较紧张而窘迫，我们还保持着嚼豆腐干花生米吃酒的习惯。我们大半都爱好文艺，可是很少拿它来在嘴上谈。酒后有时子恺高兴起来了，就抻一张纸作几笔漫画，画后自己木刻，画和刻都在片时中完成，我们传看，心中各自喜欢，也不多加评语。有时我们中间有人写成一篇文章，也是如此。这样的我们在友谊中领取乐趣，在文艺中领取乐趣。

当时的朋友中浙江人居多,那一批浙江朋友都有一股清气,即日常生活也别有一般趣味,却不像普通文人风雅相高。子恺于"清"字之外又加上一个"和"字。他的儿女环坐一室,时有憨态,他见着欣然微笑;他自己画成一幅画,刻成一块木刻,拿着看着,欣然微笑;在人生世相中他偶而遇见一件有趣的事,他也还是欣然微笑。他老是那样浑然本色,无忧无嗔,无世故气,亦无矜持气。黄山谷尝称周茂叔"胸中洒落,如光风霁月",我的朋友中只有子恺庶几有这种气象。

当时一般朋友中有一个不常现身而人人都感到他的影响的——弘一法师。他是子恺的先生。在许多地方,子恺得益于这位老师的都很大。他的音乐图画文学书法的趣味,他的品格风采,都颇近于弘一。

在我初认识他时,他就已随弘一信持佛法。不过他始终没有出家,他不忍离开他的家庭。他通常吃素,不过,做客时怕给人家麻烦,也随人吃肉边菜。他的言动举止都自然圆融,毫无拘束勉强。我认为他是一个真正了解佛家精神的。他的性情向来深挚,待人无论尊卑大小,一律蔼然可亲,也偶露侠义风味。弘一法师近来圆寂,他不远千里,亲自到加定来,请马蠲叟先生替他老师作传。即此一端,可以见他对于师友情谊的深厚。

我对于子恺的人品说这么多的话,因为要了解他的画品,必先了解他的人品。一个人须先是一个艺术家,才能创造真正的艺术。子恺从顶至踵是一个艺术家,他的胸襟,他的言动笑貌,全都是艺术的。他的作品有一点与时下一般画家不同的，就在它有至性深情的流露。子恺本来习过西画，在中国他最早作木刻，这两点对于他的作风都有显著的影响。但是这只是浮面的形相，他的基本精神还是中国的，或者说，东方的。我知道他尝玩味前人诗词，但是我不尝看见他临摹中国旧画，他的底本大半是实际人生一片段，他看得准，察觉其中情趣，时铺纸挥毫，一挥而就。他的题材变化极多，可是每一幅都有一点令人永久不忘的东西。我二十年前看见过他的一些画稿——例如《指冷玉笙寒》《月上柳梢头》《花生米不满足》《病车》之类，到如今脑里还有很清晰的印象，而我素来是一个健忘的人。他的画里有诗意，有谐趣，有悲天悯人的意味；它有时使你悠然物外，有时候使你置身市尘，也有时使你啼笑皆非，肃然起敬。他的人物装饰都是现代的，没有模拟古画仅得其形似的呆板气；可是他的境界与粗劣的现实始终维持着适当的距离。他的画极家常，造境着笔都不求奇特古怪，却于平实中寓深永之致。他的画就像他的人。

　　书画在中国本有同源之说。子恺在书法上曾经下过很久的工夫。他近来告诉我，他在习章草，每遇在画方面长进停滞时，他便写字，写了一些时候之后，再丢开来作画，发现画就有长进。讲书法的人都知道，笔力须经过一番艰苦的训练才能沉着稳重，墨才能入纸，字挂起来看时才显得生动而坚实，虽像是龙飞凤舞，却仍能站得稳。画也是如此。

　　时下一般画家的毛病就在墨不入纸，画挂起来看时，好像是飘浮在纸上，没有生根；他们自以为超逸空灵，其实是书家所谓"败笔",像患虚症的人的浮脉,是生命力微弱的征候。我们常感觉近代画的意味太薄,这也是一个原因。子恺的画却没有这种毛病。他用笔尽管疾如飘风,而笔笔稳重沉着,像箭头钉入坚石似的。在这方面,我想他得力于他的性格,他的木刻训练和他在书法上所下的工夫。

载《中学生》第 66 期,1943 年 8 月

论自然画与人物画
——凌叔华作《小哥儿俩》序

我认识《小哥儿俩》的作者已经十余年了。已往虽然零星地读过她的几篇作品,可是直到今天才有福分把《小哥儿俩》从头到尾仔细看了一遍。想到梅特林和他的姐姐在一块儿住了三十多年,一直到他母亲临死的那一刻,才认识她向未呈现的一种面目那一个故事,我心里感到一种喜悦,如同一个人在他也久住的家乡突然发现某一角落的新鲜境界一样。

作者自言生平用工夫较多的艺术是画,她的画稿大半我都看过。在这里面我所认识的是一个继承元明诸大家的文人画师,在向往古典的规模法度之中,流露她所特有的清逸风怀和细致的敏感。她的取材大半是数千年来诗人心灵中荡漾涵泳的自然。一条轻浮天际的流水衬着几座微云半掩的青峰,一片疏林映着几座茅亭水阁,几块苔藓盖着的卵石中露出一丛深绿的芭蕉,或是一湾谧静清莹的湖水的旁边,几株水仙在晚风中回舞。这都自成一个世外的世界,令人悠然意远。看她的画和过去许多人的画一样,我们在静穆中领略生气的活跃,在本色的大自然中找回本来清净的自我。这种怡情山水的生活，在古代叫做"隐逸"，在近代有人说是"逃避"，它带着几分"出世相"的气息是毫无疑问的；但是另一方面看，这也是一种"解放"。人为什么一定要困在现实生活所画的牢狱中呢？我们企图做一点对于无限的寻求，在现实世界之上创造一些易与现实世界成明暗对比的意象的世界，不是更能印证人类精神价值的崇高么？

但是这里有一个问题：这种意象世界是否只在远离人境的自然中才找得出呢？我想起二十年前的电车里和我的英国教师所说的一番话。他带我去看国家画像馆里的陈列，回来在电车上问我的印象，我坦白地告诉他："我们一向只看山水画，也只爱看山水画，人物画像倒没有看惯，不大能引起深心契合的乐趣。我不懂你们西方人为什么专爱画人物画。"他反问我："人物画何以一定就不如山水画呢？"我当时想不出什么话回答。那一片刻中的羞愧引起我后来对于这个问题不断的注意。我看到希腊造型艺术大半着眼在人物，就是我们汉唐以前的画艺的重要的母题也还是人物；我又读到黑格尔称赞人体达到理想美的一番美学理论，不免怀疑我们一向着重山水看轻人物是一种偏见，而我们的画艺多少根据这种偏见形成一种畸形的发展。在这里我特别注意到作者所说的倪云林画山水不肯着人物的故事，这可以说是艺术家的"洁癖"，一涉到人便免不掉人的肮脏恶浊。这种"洁癖"是感到人的尊严而对于人的不尊严的一面所引起的强烈的反抗，"掩鼻而过之"，于是皈依于远离人境的自然。这倾向自然不是中国艺术家所特有的，可是在中国艺术家的心目中特别显著。我们于此也不必妄作解人，轻加指摘。不过我们不能不明白这些皈依自然在已往叫做"山林隐逸"的艺术家有一种心理的冲突——理想与现实的冲突，或者说，自然与人的冲突——而他们只走到这冲突两端中的一端，没有能达到黑格尔的较高的调和。为什么不能在现实人物中发现庄严幽美的意象世界呢？我们很难放下这一个问题。放下但丁、莎士比亚和曹雪芹一班人所创造的有血有肉的人物不说，单提武梁祠和巴惕楞（Parthenon）的浮雕，或是普拉克什特理斯（Praxiteles）的雕像和吴道子的白描，它们所达到的境界是否真比不上关马董王诸人所给我们的呢？我们在山林隐逸的气氛中胎息生长已很久了，对于自然和文人画已养成一种先天的在心里伸着根的爱好，这爱好本是自然而且正常的，但是放开眼睛一看，这些幽美的林泉花鸟究竟只是大世界中的一角落，此外可欣喜的对象还多着咧。我们自己——人——的言动笑貌也并不是例外。身份比较高的艺术家，不尝肯拿他们的笔墨在这一方面点染，不能不算是一种缺陷。

我在谈《小哥儿俩》，这番讨论自然画与人物画的话似乎不很切题，其实我的感想也有一种自然的线索，作者是文学家也是画家，不仅她的绘画的眼光和手腕影响她的文学的作风，而且我们在文人画中所感到的缺陷在文学作品中得到应有的弥补。从叔华的画稿转到她的《小哥儿俩》，正如庄子所说的"逃空谷者闻人足音跫然而喜"。在这里我们看到人，典型的人，典型的小孩子像大乖、二乖、珍儿、凤儿、枝儿、小英，典型的太太、姨太太像三姑的祖母和婆婆、凤儿家的三娘以至于六娘，典型的佣人像张妈，典型的丫鬟像秋菊，跄跄来往，组成典型的旧式的贵族家庭，这一切人物都是用画家笔墨描绘出来的，有的现全身，有的现半面，有的站得近，有的站得远，没有一个不是活灵活现的。小说家的使命不仅在说故事，尤其在写人物，一部作品里如果留下几个叫人一见永不能忘的性格，像《红楼梦》里的凤姐和刘姥姥，《儒林外史》里的马二先生和严贡生，那就注定了它的成功，如果这个目标不错，我相信《小哥儿俩》在现代中国小说中是不可多得的成就。像题目所示的《小哥儿俩》所描写的主要的是儿童，这一群小仙子圈在一个大院落里自成一个独立自足的世界，有他们的忧喜，他们的恩仇，他们的尝试与失败，他们的诙谐和严肃，但是在任何场合，都表现他们特有的身份证：烂漫天真，大乖和二乖整夜睡不好觉，立下坚决的誓愿要向吃了八哥的野猫报仇，第二天大清早起架起天大的势子到后花园去把那野猫打死，可是发现它在喂一窝小猫儿的奶，那些小猫太可爱了，太好玩了，于是满腔仇恨烟消云散，抚玩这些小猫。作者把写《小哥儿俩》的笔墨移用到画艺里面去，替中国画艺别开一个生面。我始终不相信莱辛（Lessing）的文艺只宜叙述动作，造型艺术只宜描绘静态那一套理论。

　　作者写小说像她写画一样，轻描淡写，着墨不多，而传出来的意味很隽永。在这几篇写小孩子的文章里面，我们隐隐约约地望见旧家庭里面大人们的忧喜恩怨。他们的世故反映着孩子们的天真，可是就在这些天真的孩子们身上，我们已开始见到大人们的影响，他们已经在模仿爸爸妈妈哥哥姐姐们玩心眼。我们不禁联想到华兹华斯的名句：

> 你的心灵不久也快有她的尘世的累赘了。习俗躺在你
> 身上带着一种重压，像霜那么沉重，几乎像生命那么深永！

像每一个真正的艺术家，作者是不肯以某一种单纯的固定的风格自封的。我特别爱好《写信》和《无聊》那两篇，它们显示作者的另一作风。《写信》全篇是独语，不但说了一个故事，描写了一个性格，还把那主人翁——张太太——的心窍都披露出来。这是布朗宁（Browning）和艾略特（T. S. Eliot）在诗中所用的技巧，用在小说方面还不多见。我相信这种写法将来还有较大的前途。《无聊》是写一种 mood，同时也写了一种 atmosphere，写法有时令人联想到曼斯菲尔德（Manthfield），很细腻很真实。"终日驱车走，不见所问津"，古人推为名句。这篇小说很有那两句诗的风味。 我总得再说一遍，这部《小哥儿俩》对于我是一个新发现，给了我很大的喜悦。我相信许多读者会和我有同感。

1945 年 3 月于嘉定

（原载《天下周刊》创刊号，1946 年 5 月）

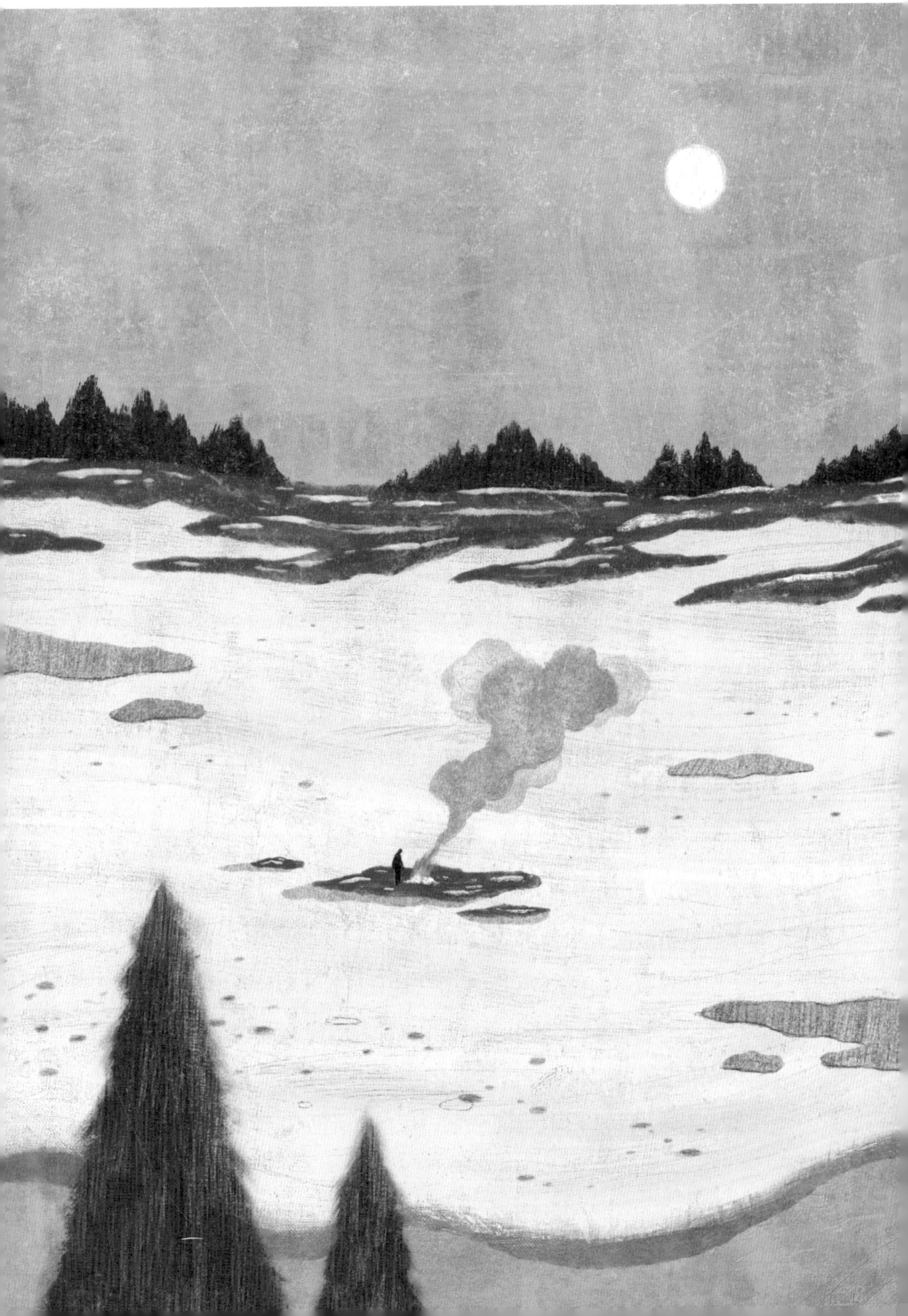

刚性美与柔性美

一

凡美都是"抒情的表现",都起于"形象的直觉",并不在事物本身。所以就理论说,艺术是不可分类的。可分类的只是事物,而直觉是心理的活动,是最单纯而不可再区分的现象。克罗齐竭力反对历来学者把艺术分为抒情的、叙事的、表演的、造形的、悲剧的、喜剧的,等等,就是因为这个道理。但就事实说,事物的形态不同,它们所引起的美感的反应也往往不一致。为方便起见,我们可把这些不一致的美感的反应加以分类,说某类作品是悲剧的,某类作品是喜剧的,某类作品是叙事的,某类作品是抒情的。本文所说的两种美也就是根据这种办法而分别出来的。

自然界事事物物都可以说是理式的象征,共相的殊相,像柏拉图所比拟的,都是背后堤上的行人射在面前墙壁上的幻影。科学家、哲学家和艺术家都想揭开自然之秘,在殊相中见出共相。但是他们出发点不同,目的不同,因而在同一殊相中所见得的共相也不一致。

比如走进一个园子里，你抬头看见一只老鹰站在一株苍劲的古松上，向你瞪着雄赳赳的眼，回头又看见池边旖旎的柳枝上有一只娇滴滴的黄莺，在那儿临风弄舌，这些不同的物体在你心中所引起的情感如何呢？依科学家看，"松"和"柳"同具"树"的共相，"鹰"和"莺"同具"鸟"的共相；然而在情感方面，老鹰却和古松同调，娇莺却和嫩柳同调。借用名学的术语在艺术上来说，鹰和松同具一种美的共相，莺和柳又同具另一种美的共相。它们所象征的性格不相同，所引起的情调也不相同。倘若莺飞上古松的枝上，或是鹰栖在嫩柳的枝上，你立刻就会产生不调和的感觉；虽然为变化出奇起见，这种不伦不类的配合有时也为艺术家所许可。

自然界本有两种美，老鹰古松是一种，娇莺嫩柳又是一种。倘若你细心体会，凡是配用"美"字形容的事物，不属于老鹰古松的一类，就属于娇莺嫩柳的一类；否则就是两类的混和。从前人有两句六言诗说："骏马秋风冀北，杏花春雨江南。"这两句诗每句都只举出三个殊相，然而它们可以象征一切美。你遇到任何美的事物，都可以拿它们做标准来分类。比如说峻崖、悬瀑、狂风、暴雨、沉寂的夜或是无垠的沙漠，垓下哀歌的项羽或是横槊赋诗的曹操，你可以说这都是"骏马秋风冀北"式的美；比如说清风、皓月、暗香、疏影青螺似的山光、媚眼似的湖水，葬花的林黛玉或是"侧帽饮水"的纳兰成德，你可以说这都是"杏花春雨江南"式的美。这两种美有时也可以混合调和。老鹰有栖嫩柳的时候，娇莺有栖古松的时候，犹如男子中之有杨六郎，女子中之有木兰和秦良玉，西子湖滨之有两高峰，西伯利亚荒原之有明媚的贝加尔。比如说菊花，在"天寒犹有傲霜枝"之中它有"骏马秋风冀北"式的美,在"帘卷西风,人比黄花瘦"之中它有"杏花春雨江南"式的美。李白在写《蜀道难》和《将进酒》时,陶渊明在写"纵浪大化中,不喜亦不惧"时,属于前一类;李在写《国怨》《长相思》和《清平调》时,陶在写《游斜川》和《闲情赋》时属于后一类。

这两种美的共相是什么呢?定义正名向来是难事,但是形容词是容易找的。我说"骏马秋风冀北"时,你会想到"雄浑""劲健";我说"杏花春雨江南"时,你会想到"秀丽""典雅";前者是"气概",后者是"神韵";前者是刚性美,后者是柔性美。

二

刚性美是动的,柔性美是静的。动如醉,静如梦。尼采在《悲剧的起源》里说艺术有两种,一种是醉的产品,音乐和跳舞是最显著的例子;一种是梦的产品,一切造型艺术如图画、雕刻等都是。他拿日神阿波罗和酒神狄俄尼索斯来象征这两种艺术。你看阿波罗的光辉那样热烈闪耀么?其实他的面孔比瞌睡汉的还更恬静,世界一切色相得他的光才呈现,所以都可说是从他脑里梦出来的。诗人、画家和雕刻家的任务也和阿波罗一样,全是在造色相,换句话说,全是在做梦。狄俄尼索斯的精神则完全相反,他要喷出心中积蓄得很深厚的苦闷,要图刹那间尽量的欢乐,在青葱茂密的葡萄丛里,看蝶在翩翩地飞,蜂在嗡嗡地响,他也不由自主地投入生命的狂澜里,放着嗓子高歌,提着足尖狂舞。他虽然没有造出阿波罗所造的

骏马秋风冀北，杏花春雨江南。

那些光怪陆离的图画，可是他的歌进出内心的情感，他的舞和大自然的脉搏共起伏，也是发泄，也是表现，总而言之，也是人生中不可少的艺术。在尼采看，这两种相反的美熔化于一炉，从深心进出的苦闷借鲜明的意象而呈现，于是才有希腊的悲剧（详见第十七章）。

尼采所谓狄俄尼索斯的艺术是刚性的，阿波罗的艺术是柔性的。不过在同一艺术之中，作品也有刚柔之别。比如说音乐，贝多芬的第三交响曲和第五交响曲固然像狂风暴雨，极沉雄悲壮之致而月光曲和第六交响曲则温柔委婉；如怨如诉，与其谓为"醉"，不如谓为"梦"了。

三

艺术是自然和人生的返照。创作家往往因性格的偏向而作品也因而畸刚或畸柔。米开朗琪罗在性格上和艺术上都是刚性美的极端的代表。你看他的《摩西》！有比他的目光更烈的火焰么？有比他的须髯更硬的钢丝么？你看他的《大卫》！他那副脑里怕藏着比亚历山大的更惊心动魄的雄图罢？他那只庞大的右臂迟一会儿怕要拔起喜马拉雅峰去撞碎哪一个星球罢？亚当是上帝首创的人，可是要结识世界第一个理想的伟男子，你须得到罗马西斯丁教寺的顶壁上去物色。这一幅大气磅礴的《创世纪》中没有一个面孔不露着超人的意志，没有一条筋肉不鼓出海格力斯的气力。但是柔性美在这里是很难寻出的。除德尔斐仙（Delphic Sibyl）以外，简直没有一个人像女子。这里的夏娃和圣母都是英气逼人的。

雷阿那多·达·芬奇恰好替米开朗琪罗做一个反衬。假如《亚当》和《大卫》是男性美的象征,女性美的象征从《密罗斯爱神》以后,就不得不推《蒙娜丽莎》了。那庄重中寓着妩媚的眼,那轻盈而神秘的笑,那丰润灵活的手,艺术家已经摸索追求了不知几许年代,到达·芬奇才带着血肉表现出来,这是多么大的一个成功!达·芬奇的天才是多方面的。他的世界中固然也有些魁梧奇伟的男子(例如《自画像》),可是他的特长则在能摄取女性中最令人留恋的表现出来。藏在日内瓦的那幅《授洗者圣约翰》活像女子化身,固不用说,连藏在卢佛尔宫的那幅《酒神》也只是一位带醉的"蒙娜丽莎"。再看《最后的晚餐》中的耶稣,他披着发,低着眉,在慈祥的面孔中现出悲哀和恻隐,而同时又毫没有失望的神采,除着抚慰病儿的慈母以外,你在哪里能寻出他的"模特儿"呢?

四

中国古代哲人观察宇宙,似乎都从艺术家的观点出发,所以他们在万殊中所见得的共相为"阴"与"阳"。《易经》和后来纬学家把万事万物都归原到两仪四象,其所用标准,就是我们把老鹰配古松、娇莺配嫩柳所用的标准。这种观念在一般人脑里印得很深,所以历来艺术家对于刚柔两种美分得很严。在诗的方面有李杜与韦孟之别,在词的方面有苏辛与温李之别,在书法方面有颜柳与褚赵之别,在画的方面有北派与南派之别,在拳术方面有太极与少林之别。清朝阳湖派和桐城派对于文章的争执也就起于刚柔的嗜好不同。

姚姬传的《复鲁絜非书》是讨论文章上刚柔之别的，他说：

> 自诸子而降，其为文无有弗偏者。其得于阳与刚之美者，则其文如霆如电，如长风之出谷，如崇山峻崖，如决大河，如奔骐骥；其光也如杲日，如火，如金镠铁；其于人也如凭高视远，如君而朝万众，如鼓万勇士而战之。其得于阴与柔之美者，则其为文如升初日，如清风，如云，如霞，如烟，如幽林曲涧，如沦，如漾，如珠玉之辉，如鸿鹄之鸣而入寥阔；其于人也渺乎其如叹，邈乎其如有思，暖乎其如喜，愀乎其如悲。观其文，讽其音，则为文者之性情形状举以殊焉。

姚姬传所拿来形容阳刚之美的，如雷电、长风、崇山、峻崖、大河，等等，在西方文艺批评中素称为 sublime；他所拿来形容阴柔之美的如云霞、清风、幽林、曲涧，等等，在西方文艺中素称为 grace。grace 可译为"清秀"或"幽美"。sublime 是最上品的刚性美，它在中文中没有恰当的译名，"雄浑""劲健""伟大""崇高""庄严"诸词都只能得其片面的意义，本文姑且称之为"雄伟"（理由见下文）。西方学者常讨论"雄伟"和"秀美"的分别，对于"雄伟"的研究尤其努力。

五

  sublime 一词起源于希腊修辞学者郎吉弩斯（Longinus）。他曾著一书《论雄伟体》。不过他专指诗文的高华的风格，后人言"雄伟"则意义较为广泛。近代关于"雄伟"的学说大半发源于康德。康德早年曾作一文《论秀美与雄伟的感觉》，以为"秀美"使人欣喜，"雄伟"使人感动；对"秀美"者多欢笑，对"雄伟"者多严肃。花坞、日景、女子、拉丁民族都以"秀美"胜，高山、暴风雨、夜景、男子、条顿民族都以"雄伟"胜。在这篇论文里康德只列举事实，到后来写《审美判断的批判》时他才讨论学理。在这部书里他仍然把"雄伟"和"秀美"对举，关于"雄伟"的文字占了全书二分之一。他以为"雄伟"的特征为"绝对大"。一切东西和它相比都显得渺小的就是"雄伟"。"雄伟"有两种，一种是"数量的"，其大在体积，例如高山；一种是"精力的"，其大在精神气魄，在不受外物的阻挠，在能胜过一切障碍，例如狂风暴雨（我们的译名中"伟"字可以括尽康德的"数量的 sublime"的意义，"雄"字可以括尽"精力的 sublime"的意义）。我们对着"雄伟"事物时，心里都觉到一种"霎时的抗拒"，仿佛自己不能抵挡这么浩大的力量。这是"雄伟"所以异于"秀美"的，"秀美"所生的情感始终是愉快，"雄伟"所生的情感却微含几分不愉快的成分。但是这种"霎时的抗拒"究竟是霎时的，它唤起内心的自觉，使我们隐约想到外物的力量和体积尽管巨大无比，却不能压服我们的内心的自由；因此，外物的"雄伟"适足激起自己焕发振作。

六

康德之说如此，后来有许多学者把它加以阐明修改，就中以英人布拉德雷在《牛津诗歌演讲集》所提出来的最为明晰精当，我们现在把它撮要介绍在这里。上文关于康德的话稍嫌粗略，布拉德雷的学说可以当作一个注脚用。

何种事物才能使人觉得"雄伟"呢？诗人柯尔律治有一次观瀑布，想找一个最合式的字样来形容它，推敲了许久，觉得只有"雄伟"两个字最恰当，他听到后来的一位游客惊赞道："这真是雄伟！"心里非常高兴。但是他的同游的一位太太接着说道："真的，在我生平所见过的东西之中这是最乖巧（pretty）的了。""乖巧"用在这里，何以使我们觉得太煞风景呢？因为只有很小的东西才可以说"乖巧"，而"雄伟"恰是与"乖巧"相反的，"雄伟"的东西大半具有巨大的体积。比如嶙峋峻峭的悬崖，一望无边的大海，包罗万宿的天空，耸入云霄的高塔，才能产生"雄伟"的印象；在动物中只有狂啸生风的虎，回旋天空的鹰和逍遥大海的长鲸；在植物中只有十寻苍松和千年翠柏，才能配上这个形容词。一只猫或是一只金丝雀，一棵柳或是一朵海棠只能说"秀美"；如果说它"雄伟"，就未免像上例那位太太说瀑布"乖巧"了。

没有巨大体积的东西是否绝对不能为"雄伟"呢？"雄伟"不惟在体积方面可以见出，在精神方面也可以见出，有时体积愈弱小，愈足衬出精神魄力的伟大。屠格涅夫在散文诗中所写的麻雀是一个最好的例子：

　　我正打猎归来，沿着园中的大路向前走，我的狗在前面跑。

　　猛然间它的脚步慢了起来，屏声息气地偷偷地向前走，好像它嗅到前面有猎物似的。我沿路探望，看见地上躺着一只还未出窠的小麻雀，喙上有一条黄色的边缘，顶上的毛还是很嫩的，它是从窠里落下来的，那时正在刮大风，把路旁的树吹得发抖。它躺在地上不动，只是鼓着两只羽毛未丰的翅膀作半飞的姿势，却没法飞得起。

　　我的狗慢慢地向它走去，突然间好像弹丸似的从树上落下来一只黑颈项的老麻雀，紧紧地落在狗的口边，浑身都蓬乱得不成个样子，它还是一壁哀鸣，一壁向狗的张着的大口和大齿飞撞了一回又一回。

　　它要援救它的雏鸟，所以把自己的身子来搪塞灾祸。它的渺小的身躯在惊怖震颤，微细的喉咙渐叫渐哑；它终于倒毙了。它牺牲了它的性命。

　　在它的心眼中狗是多么巨大的一个怪物！但是它却不能留在安全的枝上，一种比它的更强的力量把它拖下来了。

　　我的狗站着不动，后来垂尾丧气地踱回来。它显然也认识到这种力量。我唤它来到身边；我向前走过时，一阵虔敬的心情涌上我的心头。

225

是的，请莫要笑，我在看到那只义勇的小鸟和它的热爱的迸发时，心里所感觉到的确实是虔敬。

爱比死，我当时默想到，比死所带的恐怖还更强有力。因为有爱，只因为有爱，生命才能支持住，才能进行。

屠格涅夫所描写的这只麻雀可以说是 sublime 了。使它"雄伟"的究竟是什么东西呢？这自然不是它的体积而是它的爱和勇。爱和勇虽能使人敬重，却不常使人觉得"雄伟"，何以在这里特别使人觉得"雄伟"呢？这就与麻雀的体积有关。假使从犬口中营救雏鸟的是一只巨鹰，它的爱和勇就不免难够上"雄伟"的程度了。以麻雀那样微小脆弱的鸟，而能显出那样伟大的爱和勇，它的精神和它的体积相比较，更显出它的伟大，所以它使人产生"雄伟"的印象。

照这样看，"雄伟"之所以为"雄伟"，不仅在体积而尤在精神。高山大河的"雄伟"在体积，屠格涅夫的麻雀的"雄伟"在精神，前者是康德所说的"数量的雄伟"，后者是康德所说的"精力的雄伟"。康德讨论"雄伟"，举例大半取自然界事物，后人颇疑其主张自然之外无"雄伟"，以为他没有注意到道德和艺术的"雄伟"，其实这大半可以包在"精力的雄伟"里面。康德在《实践理性批判》里本来说过："世间有两件东西，你愈默想它们，愈体验它们，它们愈使你惊羡敬仰：一个是在我们上面的繁星灿然的天空，一个是在我们心里面的道德律。"这就是显然承认后人所谓"道德的雄伟"了。有时一件事物可以同时见出上面所说的两种"雄伟"。《创世记》开章的"上帝说要有光,世上就有了光"这句话就是好例。从黑暗混沌之中猛然现出光来,而这个光又是普照全世界的,这是"数量的雄伟"。这么一件大事单靠上帝说一句话就做成了,这是何等气魄!这是"精力的雄伟"。

康德所下的"雄伟"的定义是"绝对大",从有限中见出无限才是"雄伟"。后人多附和此说,于是"不可测量"成为"雄伟"的一个特质。法人巴希(V. Basch)在《康德美学论》里辩驳此说。布拉德雷也颇不以为然。"时间"和"空间"两个观念可以说是"不可测量的","有限"的东西都不能说是"不可测量"。比如一座高山或是一只巨鹰可以给人以"雄伟"的印象,却不是"不可测量"的,据布拉德雷的意见,"雄伟"所具的"大"与其说是"不可测量的"(immeasurable),无宁说是"未经测量的"(unmeasured)。我们在觉得一件事物"雄伟"时,心中只是惊赞其伟大,并不曾有意要测量它究竟伟大到何种程度,并不曾拿它和一个标准来比较,而明确地断定它比任何物都较大,像康德所说的。我们只觉得它极伟大,非常伟大。这所谓"极"和"非常"常仅为美感经验中霎时的幻觉。这种幻觉是感觉"雄伟"所必有的,没有这种幻觉就不能发生"雄伟"的印象。比如在惊赞泰山"雄伟"时,猛然想到峨嵋山还更比它高大,在惊赞一只老鹰"雄伟"时,猛然想到一只比它小的鹞子就可以打杀它,"雄伟"的印象便无形消失了。所以"不加比较""未经测量"是感觉"雄伟"的一个必要的条件。本来在一切美感经验中,"意象"都要"绝缘",都要"孤立",不仅"雄伟"的意象是如此。

七

在觉到一件事物"雄伟"时，我们的心里起何种变化呢？我们说娇莺嫩柳秀美，说老鹰古松雄伟，就主观方面说，我们自己的心境有什么不同呢？感觉"秀美"时心境是单纯的，始终一致的。感觉"雄伟"时心境是复杂的，有变化的。秀美的事物立刻就叫我们觉得愉快，它的形态恰合我们感官脾胃，它好比一位亲热的朋友，每逢见面，他就眉开眼笑地赶上来，我们也就眉开眼笑地迎上去，彼此毫不迟疑地、毫无畏忌地握手道情款。我们对于秀美事物的情感始终是欢喜的、肯定的、积极的，其中不经丝毫波折。雄伟事物则不然。它仿佛挟巨大的力量倾山倒海地来临，我们常于有意无意之中觉得自己渺小，觉得它不可了解，不可抵挡，不敢尽量地接收它，于是对它不免带着几分退让回避的态度。但是这种否定的消极的态度只是一瞬间的。我们还没有明白察觉到自己的迟疑时，就已经发现它可景仰，可敬佩。我们对它那样浩大的气魄，因为没经常见过，只是望着发呆。在发呆之中，我们不觉忘却自我，聚精会神地审视它、接受它、吸收它、模仿它，于是猛然间自己也振作奋发起来，腰杆比平常伸得直些，头比平常昂得高些，精神也比平常更严肃，更激昂。受移情作用的影响，我们不知不觉地泯化我和物的界限，物的"雄伟"印入我的心中便变成我的"雄伟"了。在这时候，我也不觉得还是在欣赏物的"雄伟"，还是在自矜我的"雄伟"，这种紧张激昂而却严肃的情感是极愉快的。总之，在对着"雄伟"事物时，我们第一步是惊，第二步是喜；第一步因物的伟大而有意无意地见出自己的渺小，第二步因物的伟大而有意无意地幻觉到自己的伟大。第一步心情就是康德所说的"霎时的抗拒"，它带着几分痛感。第二步心情本已欣喜，加以得着霎时痛感的搏击反映，于是更显得浓厚。这个道理我们在看高山大海时都可以体验得到。山的巍峨，海的浩荡，在第一眼看时，都要给我们若干震惊。但是须臾间，我们的心灵便完全为山海的印象占领住，于是仿佛自觉也有一种巍峨浩荡的气概了。

第二种心情是一切美感经验所同具的，第一种心情是感到"雄伟"时所特有的。始终不带几分震惊，不带几分自己渺小的意识，便不能感到"雄伟"。英人博克（Burke）所以说"雄伟"之中都含有"可恐怖的"（terrible）一个成分。但是"恐怖"的字样用在这里未免稍嫌过火。"恐怖"所引起的反应态度通常是逃避，"雄伟"对于观者的心魂却有极大的摄引力。"恐怖"是一种实际人生的情感，而"雄伟"的感觉像一切其他美感经验一样，却离开实用的索绊而聚精会神地陶醉于目前意象。"雄伟"的感觉之中含有类似"恐怖"的成分而却未至于"恐怖"。我们只能说"雄伟"大半是突如其来的，含有几分不可了解性的。心灵骤然和它接触，在仓皇之中，不免穷于应付。但是这只是霎时的，不是明白地现于意识的。这种突然性就是"霎时的抗拒"的主因。失去"突然性"则本来"雄伟"的事物往往失其为"雄伟"。同是一座高山，第一次望见时觉得它"雄伟"，以后愈熟识就不免愈觉其平常。杜甫在"造化钟神秀，阴阳割昏晓"中，所见到的是山的"雄伟"，李白在"相看两不厌，惟有敬亭山"

中，苏东坡在"青山有约常当户"中，却只是见到山的和蔼可亲了。同是一件事物也可以常常使人觉到"雄伟"，这是由于观者别具慧眼，常常发现它的新奇，并不足证明"雄伟"的感觉不必带有"突然性"。

所谓"突然性"是出乎意料之外的，是寻常知觉不能完全抓得住的。知觉不能完全抓得住它，便不免嫌它不合常规，嫌它还有缺陷。"雄伟"的东西往往使人觉得它有些卤莽粗糙，就是因为这个道理。米开朗琪罗的作品中往往留有一片不加雕琢的顽石，这种粗枝大叶的做法最易产生"雄伟"的印象，也最易使人嫌它不"完美"，不"精致"。所以康德派美学往往拿"雄伟"和"美"对举，不把"雄伟"当作一种美。黑格尔则以为形式不称精神，精神不就范于形式而泛滥横流，才有"雄伟"。其实美有难易，"雄伟"是美之难者，因为它不像平易的美只容纳一些性质相同的单调的成分。它不惟容纳美，还要驯服丑，它要把美的和丑的同纳在一个炉子里面去锤炼。

八

和"雄伟"相对的为"秀美"，历来学者多偏重"雄伟"，很少把"秀美"单提出来讨论的，因为"秀美"的问题没有"雄伟"的问题那么复杂。把它单提出来讨论的有斯宾塞（H. Spencer）。在他看，"秀美"的印象起源于筋肉运动时筋力的节省。运动愈显出轻巧不费力的样子，愈使人觉得"秀美"。动物中最"秀美"的如羚羊、猎犬和赛跑的马，等等，运动器官都特别发达；最不"秀美"的如龟、象、海马，等等，运动器官都特别迟钝。从此可知"秀美"

和运动有关了。斯宾塞自述发现秀美和运动的关系之经过说：

> 有天晚上我去看一个舞女奏技；她的动作大半很牵强过分，我暗地骂她鄙陋，如果观众不是一般以随人拍掌叫好为时髦的懦者，她那种技艺是一定受人嗤鄙的。但她偶然也现出一点秀美的动作，都是比较不大费力做出来的，我注意到这点，同时想起许多互证的事实，因而下了这样一个结论：在要换一个姿势或是要做一个动作时，费的力量愈少，就愈现得秀美。换句话说，动作以节省筋力者为秀美，动物形状以便于得到筋力节省者为秀美，姿态以无须费力维持者为秀美，至于非生物的秀美则因其和这种形态有类似的地方。

这个道理很容易拿例证来说明，兵士在稍息时比在立正时秀美，因为在立正时他现出有意做作的样子，而稍息时则手足放在自然的位置，无须费力。我们取站的姿势时常把体重放在一只腿上，这只腿总是竖得笔直的，其余一只腿则很安闲地弯着，这是由于节省筋力的缘故；头稍偏向某一方，也是因为这个道理。雕刻家常模仿这种姿势，就因为它特别秀美。初学滑冰或骑脚踏车的东歪西倒，胖汉跑路时肢体不灵活，跛子走路时两足上下参差，口吃者说话时用尽气力说不出一个字来，乡下人在绅士面前讲礼，处处都露出尴尬的样子，这都是最不秀美的举动。我们何以觉得它们最不秀美呢？就因为旁人看得出卖气力的痕迹。会做一件事的人（无论是跳舞、说话、走路或是行礼）往往驾轻就熟，行若无事，旁人看不见他费力，所以觉得他"秀美"。

拿筋力节省的原则来解释非生物的"秀美"似比较难些，其实也并不难。非生物的形态和生物的形态往往有许多类似点。因有类似点，我们往往把非生物当作生物看待，以为它也有知觉和情感。原始式的知觉都不免带有"拟人作用"。看见一棵树或是一座山，我们常常把它看作一个人，以人的经验来了解物的姿态。因此"秀美"虽本来是能运动的生物所表现的一种特质，就被人引申用来形容非生物了。比如橡树看来不如柳树"秀美"，是什么缘故呢？橡树的枝子是平直伸出的，和树干几成垂直线，我们看到它时，便隐约想到维持平直的姿势，好比人平举两手一样，是多么费力的事，所以我们说它不"秀美"。反之，柳树枝条是向下垂着的，我们看到它时，便隐约想到它像人的胳膊在安闲无事时的姿势，用不着费大力，所以我们觉得它"秀美"。再比如波纹似的曲线是一般人所公认为最美的线，依斯宾塞说，它所以最美者就由于曲线运动是最省力的运动。直线运动在将转弯时须抛弃原有的动力（momentum）而另起一种新动力，转弯愈多，费力愈大。曲线运动则可以利用转弯以前的动力，所以用力较少，我们觉得曲线运动最秀美，因为它最省力；我们觉得一切曲线都美，因为由它联想到曲线运动。

斯宾塞以为这种现象起于同情作用。他说："赖有同情作用，我们看旁人临险，自己也战栗起来；看见旁人挣扎或跌落时，自己的肢体也动作起来；我们并且仿佛分享他们所经验到的筋肉感觉。也们的动作如果卤莽笨拙，我们也微微觉到自己发笨拙动作时所应有的不快感;他们的动作如果轻巧娴熟,我们也尝到轻巧动作所应有的快感。"照这段话看,斯宾塞的"同情作用"(sympathy)就是我们在第三章所讨论的"移情作用"(empathy)了。那时候学者本来还没有采用"移情作用"这个名词。近来兰格斐尔德在他的《美感的态度》一书中采用斯宾塞的学说,就把"秀美"当作移情作用的一个实例,我们在上文讨论"雄伟"时已经说过感觉"雄伟"时常起移情作用,现在我们知道感觉"秀美"时也是如此,可见得移情作用在美感经验中是一个最广泛的现象,而"雄伟"和"秀美"的感觉在根本上也并无二致了。

九

斯宾塞的筋力节省说虽含有一部分真理,但是并不能尽"秀美"的意蕴。我们看到"秀美"事物时所感觉到的与其说是筋力的节省,不如说是欢爱的表现。"秀美"事物仿佛向我们微笑,这种微笑是表现它自己的欢喜,也是表示它对于我们的亲爱。"秀美"是女子所特有的优点,大半含有几分女性的引诱。德国哲学家谢林(Schelling)说过:"艺术和自然一样,极境全在秀美。它不但与事物以形象,使它们各具个性,还要进一步做画龙点睛的功夫,使它们显出'秀美'。'秀美'事物可爱,就因为艺术先使它们现出向人表示爱情的样子。"爱和欢喜是相连的。"秀美"事物表示爱,所以都带几分喜气。英国文艺批评学者罗斯金说过:"你如果想一位姑娘显得秀美,须先使她快活。"

"秀美"表现欢爱的道理，法国美学家顾约在他的《现代美学问题》里说得最透辟：

> "秀美"不是像斯宾塞所说的，只是力量的节省；最要紧的是它表现一种意志。在生物中"秀美"的动作总是伴着两种相邻的情感，一是欢喜，一是亲爱。欢喜是由于觉到生活美满和环境恰相谐和；既与环境谐和，就已有同情的倾向。"秀美"表现两种心境：一种是自己的满意，一种是要旁人也满意。"秀美"都伴着筋肉的松懈，动物只有在安息时，在生活圆满平静时筋肉才会松懈，到了悲哀、愤怒和斗争的时候，肢体就立刻僵硬起来了。比如有一条狗在玩耍，你在树林里做一点声响，便可以看见它立刻变换姿势，把颈子伸直，耳尾和躯干也立刻耸竖起不动。反之，亲爱往往表现于波纹似的轻巧的动作，全无卤莽、暴躁或棱角的痕迹。这种动作是同情的流露所以能引起观者的同情。此外如微微弯曲的体姿，尤其是颈项稍向下低着，胳膊随意垂着的时候，除同情之外，还表现种凄恻、忧愁的神情，似乎求人怜惜的样子；观者看到这种姿态就不免起怜惜的心情。垂柳惹人怜惜，就因为这个道理。最后，"秀美"都带有自舍（abandon）的样子，人不是在爱的时候不会完全自舍，所以我们赞同谢林的秀美表现爱情说；因其表现爱情，所以"秀美"最易动人；它向人表示爱，所以人也爱它轻的姑娘在没有尝到爱的滋味时，就还没有比

"美"（beauté）更美的绝顶的"秀美"（grace）。她像小孩子一样，可以具有欢喜时的"秀美"，却还没有柔情所流露的"秀美"。

总观上述各节，关于"秀美"的学说有两种，一派人说它是由于筋力的节省，一派人说它是由于欢爱的表现，这两说是否互相冲突呢？法国哲学家柏格森也曾经注意这个问题。他兼采这两个学说。我们看见省力的运动，自己也仿佛觉到它所伴着的筋肉感觉，这是"物理的同情"（sympathie physique）。这种"物理的同情"随即引起"精神的同情"（sympathie morale）。我们不但觉得秀美的事物表现轻巧的运动，并且还觉得它是向我们运动，来亲近我们，我们所以觉得它和蔼可亲。柏格森不否认秀美中有"物理的同情"但是以为"精神的同情"为它的最要紧的元素。我们觉得柏格森的说法比较圆满。"秀美"本来是女性的。我们描写女性美时通常用"幽闲""轻盈""温柔""娇弱"等等字样，这些特征可以说是"不露费力痕迹的"（斯宾塞说），也可以说是"引起同情的"（顾约说）。因为它现出不费气力的样子，所以我们觉得它弱，觉得它不抗拒我们而亲近我们，因此向它表示怜爱，这就是柏格森所谓"物理的同情引起精神的同情"。

"大人者不失其赤子之心"
——艺术与游戏

一直到现在,我们所讨论的都偏重欣赏。现在我们可以换一个方向来讨论创造了。

既然明白了欣赏的道理,进一步来研究创造,便没有什么困难,因为欣赏和创造的距离并不像一般人所想象的那么远。欣赏之中都寓有创造,创造之中也都寓有欣赏。创造和欣赏都是要见出一种意境,造出一种形象,都要根据想象与情感。比如说姜白石的"数峰清苦,商略黄昏雨"一句词含有一个受情感饱和的意境。姜白石在作这句词时,先须从自然中见出这种意境,然后拿这九个字把它翻译出来。在见到意境的一刹那中,他是在创造也是在欣赏。我在读这句词时,这九个字对于我只是一种符号,我要能认识这种符号,要凭想象与情感从这种符号中领略出姜白石原来所见到的意境,须把他的译文翻回到原文。我在见到他的意境一刹那中,我是在欣赏也是在创造。倘若我丝毫无所创造,他所用的九个字对于我就漫无意义了。一首诗作成之后,不是就变成个个读者的产业,使他可以坐享其成。它也好比一片自然风景,观赏者要拿自己的想象和情趣

来交接它，才能有所得。他所得的深浅和他自己的想象与情趣成比例。读诗就是再作诗，一首诗的生命不是作者一个人所能维持住，也要读者帮忙才行。读者的想象和情感是生生不息的，一首诗的生命也就是生生不息的，它并非是一成不变的。一切艺术作品都是如此，没有创造就不能有欣赏。

创造之中都寓有欣赏，但是创造却不全是欣赏。欣赏只要能见出一种意境，而创造却须再进一步，把这种意境外射出来，成为具体的作品。这种外射也不是易事，它要有相当的天才和人力，我们到以后还要详论它，现在只就艺术的雏形来研究欣赏和创造的关系。

艺术的雏形就是游戏。游戏之中就含有创造和欣赏的心理活动。人们不都是艺术家，但每一个人都做过儿童，对于游戏都有几分经验。所以要了解艺术的创造和欣赏，最好是先研究游戏。

骑马的游戏是很普遍的,我们就把它做例来说。儿童在玩骑马的把戏时,他的心理活动可以用这么一段话说出来:"父亲天天骑马在街上走,看他是多么好玩!多么有趣!我们也骑来试试看。他的那匹大马自然不让我们骑。小弟弟,你弯下腰来,让我骑!特!特!走快些!你没有气力了吗?我去换一匹马罢。"于是厨房里的竹帚夹在胯下又变成一匹马了。

从这个普遍的游戏中间,我们可以看出几个游戏和艺术的类似点。

一、像艺术一样,游戏把所欣赏的意象加以客观化,使它成为一个具体的情境。小孩子心里先印上一个骑马的意象,这个意象变成他的情趣的集中点(这就是欣赏)。情趣集中时意象大半孤立,所以本着单独观念实现于运动的普遍倾向,从心里外射出来,变成一个具体的情境(这就是创造),于是有骑马的游戏。骑马的意象原来是心镜从外物界所摄来的影子。在骑马时儿童仍然把这个影子交还给外物界。不过这个影子在摄来时已顺着情感的需要而有所选择去取,在脑里打一个翻转之后,又经过一番意匠经营,所以不复是生糙的自然。一个人可以当马骑,一个竹帚也可以当马骑。换句话说,儿童的游戏不完全是模仿自然,它也带有几分创造性。他不仅作骑马的游戏,有时还拣一支粉笔或土块在地上画一个骑马的人。他在一个圆圈里画两点一直一横就成了一个面孔,在下面再安上两条线就成了两只腿。他原来看人物时只注意到这些最刺眼的运动的部分,他是一个印象派的作者。

二、像艺术一样,游戏是一种"想当然耳"的勾当。儿童在拿竹帚当马骑时，心里完全为骑马这个有趣的意象占住，丝毫不注意到他所骑的是竹帚而不是马。他聚精会神到极点，虽是在游戏而却不自觉是在游戏。本来是幻想的世界，却被他看成实在的世界了。他在幻想世界中仍然持着郑重其事的态度。全局尽管荒唐，而各部分却仍须合理。有两位小姊妹正在玩做买卖的把戏，她们的母亲从外面走进来向扮店主的姐姐亲了个嘴，扮顾客的妹妹便抗议说："妈妈，你为什么同开店的人亲嘴？"从这个实例看，我们可以知道儿戏很类似写剧本或是写小说，在不近情理之中仍须不背乎情理，要有批评家所说的"诗的真实"。成人们往往嗤不郑重的事为儿戏，其实成人自己很少像儿童在游戏时那么郑重，那么专心，那么认真。

三、像艺术一样，游戏带有移情作用，把死板的宇宙看成活跃的生灵。我们成人把人和物的界线分得很清楚，把想象的和实在的分得很清楚。在儿童心中这种分别是很模糊的。他把物视同自己一样，以为它们也有生命，也能痛能痒。他拿竹帚当马骑时，你如果在竹帚上扯去一条竹枝，那就是在他的马身上扯去一根毛，在骂你一场之后，他还要向竹帚说几句温言好语。他看见星说是天顺眼，看见露说是花垂泪。这就是我们在前面说过的"宇宙的人情化"。人情化可以说是儿童所特有的体物的方法。人越老就越不能起移情作用，我和物的距离就日见其大，实在的和想象的隔阂就日见其深，于是这个世界也就越没有趣味了。

四、像艺术一样，游戏是在现实世界之外另造一个理想世界来安慰情感。骑竹马的小孩子一方面觉得骑马的有趣，一方面又苦于骑马的不可能，骑马的游戏是他弥补现实缺陷的一种方法。近代有许多学者说游戏起于精力的过剩,有力没处用,才去玩把戏。这话虽然未可尽信,却含有若干真理。人生来就好动,生而不能动,便是苦恼。疾病、老朽、幽囚都是人所最厌恶的,就是它们夺去动的可能。动愈自由即愈使人快意,所以人常厌恶有限而追求无限。现实界是有限制的,不能容人尽量自由活动。人不安于此,于是有种种苦闷厌倦。要消遣这种苦闷厌倦,人于是自架空中楼阁。苦闷起于人生对于"有限"的不满,幻想就是人生对于"无限"的寻求,游戏和文艺就是幻想的结果。它们的功用都在帮助人摆脱实在的世界的缰锁,跳出到可能的世界中去避风息凉。人愈到闲散时愈觉单调生活不可耐,愈想在呆板平凡的世界中寻出一点出乎常轨的偶然的波浪,来排忧解闷。所以游戏和艺术的需要在闲散时愈紧迫。就这个意义说,它们确实是一种"消遣"。

儿童在游戏时意造空中楼阁,大概都现出这几个特点。他们的想象力还没有受经验和理智束缚死,还能去来无碍。只要有一点实事实物触动他们的思路,他们立刻就生出一种意境,在一弹指间就把这种意境渲染成五光十彩。念头一动,随便什么事物都变成他们的玩具,你给他们一个世界,他们立刻就可以造出许多变化离奇的世界来交还你。他们就是艺术家。一般艺术家都是所谓"大人者不失其赤子之心"。

艺术家虽然"不失其赤子之心",但是他究竟是"大人",有赤子所没有的老练和严肃。游戏究竟只是雏形的艺术而不就是艺术。它和艺术有三个重要的异点。

一、艺术都带有社会性,而游戏却不带社会性。儿童在游戏时只图自己高兴，并没有意思要拿游戏来博得旁观者的同情和赞赏。在表面看，这似乎是偏于唯我主义，但是这实在由于自我观念不发达。他们根本就没有把物和我分得很清楚，所以说不到求人同情于我的意思。艺术的创造则必有欣赏者。艺术家见到一种意境或是感到一种情趣，自得其乐还不甘心，他还要旁人也能见到这种意境，感到这种情趣。他固然不迎合社会心理去沽名钓誉，但是他是一个热情者，总不免希望世有知音同情。因此艺术不像克罗齐派美学家所说的，只达到"表现"就可以了事，它还要能"传达"。在原始时期，艺术的作者就是全民众，后来艺术家虽自成一阶级，他们的作品仍然是全民众的公有物。艺术好比一棵花，社会好比土壤，土壤比较肥沃，花也自然比较茂盛。艺术的风尚一半是作者造成的，一半也是社会造成的。

二、游戏没有社会性，只顾把所欣赏的意象"表现"出来；艺术有社会性，还要进一步把这种意象传达于天下后世，所以游戏不必有作品而艺术则必有作品。游戏只是逢场作戏，比如儿童堆沙为屋，还未堆成，即已推倒，既已尽兴，便无留恋。艺术家对于得意的作品常加意珍护，像慈母待婴儿一般。音乐家贝多芬常言生存是一大痛苦，如果他不是心中有未尽之蕴要谱于乐曲，他久已自杀。司马迁也是因为要作《史记》，所以隐忍受腐刑的羞辱。从这些实例看，可知艺术家对于艺术比一切都看重。他们自己知道珍贵美的形象，也希望旁人能同样地珍贵它。他自己见到一种精灵，并且想使这种精灵在人间永存不朽。

三、艺术家既然要借作品"传达"他的情思给旁人，使旁人也能同赏共乐，便不能不研究"传达"所必需的技巧。他第一要研究他所借以传达的媒介，第二要研究应用这种媒介如何可以造成美形式出来。比如说作诗文，语言就是媒介。这种媒介要恰能传出情思，不可任意乱用。相传欧阳修《昼锦堂记》首两句本是"仕宦至将相，富贵归故乡"，送稿的使者已走过几百里路了，他还要打发人骑快马去添两个"而"字。文人用字不苟且，通常如此。儿童在游戏时对于所用的媒介绝不这样谨慎选择。他戏骑马时遇着竹帚就用竹帚，遇着板凳就用板凳，反正这不过是一种代替意象的符号，只要他自己以为那是马就行了，至于旁人看见时是否也恰能想到马的意象，他却丝毫不介意。倘若画家意在马而画一个竹帚出来，谁人能了解他的原意呢？艺术的内容和形式都要恰能融合一气，这种融合就是美。

　　总而言之，艺术虽伏根于游戏本能，但是因为同时带有社会性，须留有作品传达情思于观者，不能不顾到媒介的选择和技巧的锻炼。它逐渐发达到现在，已经在游戏前面走得很远，令游戏望尘莫及了。

"慢慢走，欣赏啊！"
——人生的艺术化

一直到现在，我们都是讨论艺术的创造与欣赏。在收尾这一节中，我提议约略说明艺术和人生的关系。

我在开章明义时就着重美感态度和实用态度的分别，以及艺术和实际人生之间所应有的距离，如果话说到这里为止，你也许误解我把艺术和人生看成漠不相关的两件事。我的意思并不如此。

人生是多方面而却相互和谐的整体，把它分析开来看，我们说某部分是实用的活动，某部分是科学的活动，某部分是美感的活动，为正名析理起见，原应有此分别；但是我们不要忘记，完满的人生见于这三种活动的平均发展，它们虽是可分别的而却不是互相冲突的。"实际人生"比整个人生的意义较为窄狭。一般人的错误在把它们认为相等，以为艺术对于"实际人生"既是隔着一层，它在整个人生中也就没有什么价值。有些人为维护艺术的地位，又想把它硬纳到"实际人生"的小范围里去。这般人不但是误解艺术，而且也没有认识人生。我们把实际生活看作整个人生之中的一片段，所以在肯定艺术与实际人生的距离时，并非肯定艺术与整个人生的隔阔。严格的说，离开人生便无所谓艺术，因为艺术是情趣的表现，而情趣的根源就在人生；反之，离开艺术也便无所谓人生，因为凡是创造和欣赏都是艺术的活动，无创造无欣赏的人生是一个自相矛盾的名词。

人生本来就是一种较广义的艺术。每个人的生命史就是他自己的作品。这种作品可以是艺术的，也可以不是艺术的，正犹如同是一种顽石，这个人能把它雕成一座伟大的雕像而另一个人却不能使它"成器"，分别全在性分与修养。知道生活的人就是艺术家，他的生活就是艺术作品。

过一世生活好比做一篇文章。完美的生活都有上品文章所应有的美点。

第一，一篇好文章一定是一个完整的有机体，其中全体与部分都息息相关，不能稍有移动或增减。一字一句之中都可以见出全篇精神的贯注。比如陶渊明的《饮酒》诗本来是"采菊东篱下，悠然见南山"，后人把"见"字误印为"望"字，原文的自然与物相遇相得的神情便完全丧失。这种艺术的完整性在生活中叫做"人格"。凡最完美的生活都是人格的表现。大而进退取与，小而声音笑貌，都没有一件和全人格相冲突。不肯为五斗米折腰向乡里小儿，是陶渊明的生命史中所应有的一段文章，如果他错过这一个小节，便失其为陶渊明。下狱不肯脱逃，临刑时还丁宁嘱咐还邻人一只鸡的债，是苏格拉底的生命史中所应有的一段文章，否则他便失其为苏格拉底。这种生命史才可以使人把它当作一幅图画去惊赞，它就是一种艺术的杰作。

其次,"修辞立其诚"是文章的要诀,一首诗或是一篇美文,一定是至性深情的流露,存于中然后形于外,不容有丝毫假借。情趣本来是物我交感共鸣的结果。景物变动不居,情趣亦自生生不息。我有我的个性,物也有物的个性,这种个性又随时地变迁而生长发展。每人在某一时会所见到的景物,和每种景物在某一时会所引起的情趣,都有它的特殊性,断不容与另一人在另一时会所见到的景物,和另一景物在另一时会所引起的情趣,完全相同的。毫厘之差,微妙所在。在这种生生不息的情趣中,我们可以见出生命的创化。把这种生命流露于语言文字就是好文章;把它流露于言行风采,就是美满的生命史。

文章忌俗滥,生活也忌俗滥。俗滥就是自己没有本色而蹈袭别人的成规旧矩。西施患心病,常捧心颦眉,这是自然的流露,所以愈增其美。东施没有心病,强学捧心颦眉的姿态,只能引人嫌恶。在西施是创作,在东施便是滥调。滥调起于生命的枯竭,也就是虚伪的表现。"虚伪的表现"就是"丑",克罗齐已经说过。"风行水上,自然成纹",文章的妙处如此,生活的妙处也是如此。在什么地位,是怎样的人,感到怎样情趣便现出怎样言行风采,叫人一见就觉其谐和完整,这才是艺术的生活。

俗语说的好,"唯大英雄能本色"。所谓艺术的生活就是本色的生活。世间有两种人的生活最不艺术,一种是俗人,一种是伪君子。"俗人"根本就缺乏本色,"伪君子"则竭力遮盖本色。朱晦庵有一首诗说:"半亩方塘一鉴开,天光云影共徘徊。问渠那得清如许?为有源头活水来。"艺术的生活就是有"源头活水"的生活。俗人迷于名利，与世浮沉，心里没有"天光云影"，就因为没有源头活水。他们的大病是生命的枯竭。"伪君子"则于这种"俗人"的资格之上，又加上"沐猴而冠"的伎俩。他们的特点不仅见于道德上的虚伪，一言一笑，一举一动，都叫人起不美之感。谁知道风流名士的架子之中，掩藏了几多行尸走肉？无论是"俗人"或是"伪君子"，他们都是生命上的"苟且者"，都缺乏艺术家在创造时所应有的良心。像柏格森所说的他们都是"生命的机械化"，只能作喜剧中的角色，生活落到喜剧里去的人大半都是不艺术的。

　　艺术的创造之中都必寓有欣赏，生活也是如此。一般人对于一种言行常欢喜说它"好看""不好看"，这已有几分是拿艺术欣赏的标准去估量它。但是一般人大半不能彻底，不能拿一言一笑、一举一动纳在全部生命史里去看，他们的"人格"观念太淡薄，所谓"好看""不好看"往往只是"敷衍面子"。善于生活者则彻底认真，不让一尘一芥妨碍整个生命的和谐。一般人常以为艺术家是一班最随便的人，其实在艺术范围之内，艺术家是最严肃不过的。在锻炼作品时常呕心呕肝，一笔一画也不肯苟且。王荆公作"春风又绿江南岸"一句诗时，原来"绿"字是"到"字，后来由"到"字改为"过"字，由"过"字改为"入"字，由"入"字改为"满"字，改了十几次之后才定为"绿"字。即此一端可以想见艺术家的严肃了。善于生活者对于生活也是这样认真。曾子临死时记得床上的席子是季路的，一定叫门人把它换过才瞑目。吴季札心里已经暗许赠剑给徐君，没有实行徐君就已死去，他很郑重地把剑挂在徐君墓旁树上，以见"中心契合死生不渝"的风谊。像这一类的言行看来虽似小节，而善于生活者却不肯轻易放过，正犹如诗人不肯轻易放过一字一句一样。小节如此，大节更不消说。董狐宁愿断头不肯掩盖史实，夷齐饿死不愿降周，这种风度是道德的也是艺术的。我们主张人生的艺术化，就是主张对于人生的严肃主义。

艺术家估定事物的价值，全以它能否纳入和谐的整体为标准，往往出于一般人意料之外。他能看重一般人所看轻的，也能看轻一般人所看重的。在看重一件事物时，他知道执着；在看轻一件事物时，他也知道摆脱。艺术的能事不仅见于知所取，尤其见于知所舍。苏东坡论文，谓如水行山谷中，行于其所不得不行，止于其所不得不止。这就是取舍恰到好处，艺术化的人生也是如此。善于生活者对于世间一切，也拿艺术的口胃去评判它，合于艺术口胃者毫毛可以变成泰山，不合于艺术口胃者泰山也可以变成毫毛。他不但能认真，而且能摆脱。在认真时见出他的严肃，在摆脱时见出他的豁达。孟敏堕甑，不顾而去，郭林宗见到以为奇怪。他说："甑已碎，顾之何益？"哲学家斯宾诺莎宁愿靠磨镜过活，不愿当大学教授，怕妨碍他的自由。王徽之居山阴，有一天夜雪初霁，月色清朗，忽然想起他的朋友戴逵，便乘小舟到剡溪去访他，刚到门口便把船划回去。他说："乘兴而来，兴尽而返。"这几件事彼此相差很远，却都可以见出艺术家的豁达。伟大的人生和伟大的艺术都要同时并有严肃与豁达之胜。晋代清流大半只知道豁达而不知道严肃，宋朝理学又大半只知道严肃而不知道豁达。陶渊明和杜子美庶几算得恰到好处。

一篇生命史就是一种作品。从伦理的观点看，它有善恶的分别，从艺术的观点看，它有美丑的分别。善恶与美丑的关系究竟如何呢？

就狭义说，伦理的价值是实用的，美感的价值是超实用的，伦理的活动都是有所为而为，美感的活动则是无所为而为。比如仁义忠信等等都是善，问它们何以为善，我们不能不着眼到人群的幸福。美之所以为美，则全在美的形相本身，不在它对于人群的效用（这并不是说它对于人群没有效用）假如世界上只有一个人，他就不能有道德的活动，因为有父子才有慈孝可言，有朋友才有信义可言。但是这个想象的孤零零的人，还可以有艺术的活动，还可以欣赏他所居的世界，还可以创造作品。善有所赖而美无所赖，善的价值是"外在的"，美的价值是"内在的"。

不过这种分别究竟是狭义的。就广义说，善就是一种美，恶就是一种丑。因为伦理的活动也可以引起美感上的欣赏与嫌恶。希腊大哲学家柏拉图和亚里士多德讨论伦理问题时，都以为善有等级，一般的善虽只有外在的价值，而"至高的善"则有内在的价值。这所谓"至高的善"究竟是什么呢？柏拉图和亚里士多德本来是一走理想主义的极端，一走经验主义的极端，但是对于这个问题，意见却一致。他们都以为"至高的善"在"无所为而为的玩索"（Disinterested Contemplation）。这种见解在西方哲学思潮上影响极大，斯宾诺莎、黑格尔、叔本华的学说都可以参证。从此可知西方哲人心目中的"至高的善"还是一种美，最高的伦理的活动还是一种艺术的活动了。

"无所为而为的玩索"何以看成"至高的善"呢？这个问题涉及西方哲人对于神的观念。从耶稣教盛行之后，神才是一个大慈大悲的道德家。在古希腊哲人以及近代莱布尼兹、尼采、叔本华诸人的心目中，神却是一个大艺术家。他创造这个宇宙出来，全是为着自己要创造，要欣赏。其实这种见解也并不减低神的身份。耶稣教的神只是一班穷叫化子中的一个肯施舍的财主佬，而一般哲人心中的神，则是以宇宙为乐曲而要在这种乐曲之中见出和谐的音乐家，这两种观念究竟是哪一个伟大呢？在西方哲人想，神只是一片精灵，他的活动绝对自由而不受限制，至于人则为肉体的需要所限制而不能绝对自由。人愈能脱肉体需求的限制而作自由活动，则离神亦愈近。"无所为而为的玩索"是唯一的自由活动，所以成为最上的理想。

这番话似乎有些玄渺，在这里本来不应说及。不过无论你相信不相信，有许多思想却值得当作一个意象悬在心眼前来玩味玩味。我自己在闲暇时也欢喜看看哲学书籍。老实说，我对于许多哲学家的话都很怀疑，但是我觉得他们有趣。我以为穷到究竟，一切哲学系统也都只能当作艺术作品去看。哲学和科学穷到极境，都是要满足求知的欲望。每个哲学家和科学家对于他自己所见到的一点真理（无论它究竟是不是真理）都觉得有趣味，都用一股热忱去欣赏它。真理在离开实用而成为情趣中心时就已经是美感的对象了。"地球绕日运行""勾方加股方等于弦方"一类的科学事实，和《密罗斯爱神》或《第九交响曲》一样可以摄魂震魄。科学家去寻求这一类的事实，穷到究竟，也正因为它们可以摄魂震魄。所以科学的活动也还是一种艺术的活动，不但善与美是一体，真与美也并没有隔阂。

艺术是情趣的活动，艺术的生活也就是情趣丰富的生活。人可以分为两种，一种是情趣丰富的，对于许多事物都觉得有趣味，而且到处寻求享受这种趣味；一种是情趣干枯的，对于许多事物都觉得没有趣味，也不去寻求趣味，只终日拼命和蝇蛆在一块争温饱。后者是俗人，前者就是艺术家。情趣愈丰富，生活也愈美满，所谓人生的艺术化就是人生的情趣化。

"学得有趣味"就是欣赏。你是否知道生活，就看你对于许多事物能否欣赏。欣赏也就是"无所为而为的玩索"。在欣赏时，人和神仙一样自由，一样有福。

阿尔卑斯山谷中有一条大汽车路，两旁景物极美，路上插着一个标语牌劝告游人说："慢慢走，欣赏啊！"许多人在这车如流水马如龙的世界过活，恰如在阿尔卑斯山谷中乘汽车兜风，匆匆忙忙地急驰而过，无暇一回首流连风景，于是这丰富华丽的世界便成为一个了无生趣的囚牢。这是一件多么可惋惜的事啊！

朋友，在告别之前，我采用阿尔卑斯山路上的标语，在中国人告别习用语之下加上三个字奉赠：

"慢慢走，欣赏啊！"

光潜

1932年夏，莱茵河畔

朱光潜：世间的无言之美

作者
朱光潜

封面绘图
瓜里

内文插图
瓜里 常玉

总策划
王应鲲

项目策划
李潇

装帧设计
李艺菲

策划编辑
方莹

责任编辑
方莹

责任发行
周冬梅

出版社
中国致公出版社

总出品
湖北知音动漫有限公司

制作出品
知音动漫图书·文艺坊

图书在版编目（CIP）数据

朱光潜：世间的无言之美 / 朱光潜著. —— 北京：中国致公出版社，2020

ISBN 978-7-5145-1467-4

Ⅰ.①朱… Ⅱ.①朱… Ⅲ.①散文集-中国-当代 Ⅳ.①I267

中国版本图书馆CIP数据核字(2019)第198781号

本书文字作品版权由中国文字著作权协会代理，电话：010-65978905，传真：010-65978926，E-mail: wenzhuxie@126.com。

朱光潜：世间的无言之美 / 朱光潜 著

出　　版	中国致公出版社
	（北京市朝阳区八里庄西里100号住邦2000大厦1号楼西区21层）
出　　品	湖北知音动漫有限公司
	（武汉市东湖路179号）
发　　行	中国致公出版社（010-66121708）
作品企划	知音动漫图书·文艺坊
责任编辑	方　莹
装帧设计	李艺菲
印　　刷	长沙鸿发印务实业有限公司
版　　次	2020年3月第1版
印　　次	2020年3月第1次印刷
开　　本	960mm×640mm　1/16
印　　张	16.5
字　　数	170千字
书　　号	ISBN 978-7-5145-1467-4
定　　价	45.00元

版权所有，盗版必究（举报电话：027-68890818）

（如发现印装质量问题，请寄本公司调换，电话：027-68890818）